일러스트 에세이 사랑

사랑에 관한 짧은 이•야•기

글·그림 가브리엘

일러스트 에세이 사랑 | 사랑에 관한 짧은 이야기 |

발행일 2022년04월08일

지은이 오성일
펴낸이 차춘옥
펴낸곳 주식회사 정인디자인
편집인 오성일, 차춘옥
디자인 오성일, 차춘옥
출판등록 제2021-000002호

주소 경남 창원시 의창구 창원대로 376, 404호(팔용동, 창원터미널상가)
전화번호 (055)261-6128 **팩스** (055)733-3399

ISBN 979-11-974216-0-0-03810

사랑에 관한 짧은 이·야·기

일러스트 에세이 사랑

글·그림 가브리엘

JUNGIN
정인 디자인 출판

이 책을 시작하며

일러스트 에세이 사랑은 작가 본인의 첫사랑에 관한 이야기를 담은 에세이입니다. 당시 20대였던 저에게, 서서히 저의 마음속으로 물들어 들어온 그 사람과 저의 마음에 관한 이야기들을 담아서 일기처럼 써놓은 글입니다.

처음에 이 작품을 제 개인 블로그의 포스팅을 하면서 약 3년의 기간 동안 연재를 진행해온 작품이기도 합니다. 3년 동안 일러스트 에세이 사랑의 작품을 진행하면서 20대였던 저를 다시 만나볼 수 있었습니다. 이제는 만날 수 없는 그 사람과의 추억들을 더듬어 보면서 글을 쓰기도 하고 그림을 그리기도 했었습니다.

그 사람과 저와는 많은 추억이 없다고 생각했었지만, 작품을 진행하면서 그 사람과 저는 생각보다 많은 추억과 기억을 간직하면서 지내왔었구나 하는 생각을 많이 하게 되었습니다. 그 사람은 사랑에 대해서 표현이 서툴렀지만 그 당시의 저도 처음 만나보는 깊은 사랑에 관한 감정이어서, 저 또한 실수투성이의 첫사랑이었던 거 같습니다. 그 사람과 저는 많은 대화를 나눈 것은 아니어서 그런지 지금까지도 그 사람과의 대화가 기억에 남아 있는 것을 요즈음 들어서도 많이 느끼고 있습니다.

그 사람과 저는 사랑하고는 있었지만, 서로의 주변 환경이 달라서, 직접적으로는 어쩔 수 없이 고백하지 못하였습니다. 하지만 짧은 만남을 통해 서로의 마음을 담은 여러 이야기를 해나가면서 그 사람과 저의 마음을 확인해 나갈 수 있었습니다. 어쩌면 그 사람이 저를 사랑하는 것보다 제가 더 많이 사랑했었지 않았나 하는 생각이 들곤 하지만, 그래도 저는 그때 만났었던 사랑이라는 깊은 감정이 너무나 좋았었습니다.

저에게 다가온 사랑이라는 깊은 감정은 20대였었던 저에게 감당할 수 없을 정도로 제 삶을 뒤흔들어놓는 감정이었습니다. 그리고 많이 마음 아프기도 했었고, 가끔은 행복하기도 했었지만, 다시 한번 그 사람과 사랑해 보고 싶냐고 물으신다면 저는 당연히 네라고 대답할 것입니다. 아직도 저는 그 사람의 정성 어린 깊은 고백을 기다리고 있습니다.

CONTENTS

제1화
기다림

Gabriel의
손그림 다이어리

너는 날 사랑하니?

사랑이 뭐냐고 지금 묻는 거야?

너는 날 사랑하니? 사랑이 뭐냐고 지금 묻는 거야?

Gabriel의
손그림 다이어리

사랑은
구름같이
흐르다가
사라지게
된다는 걸
왜 이제야
알았을까?

✳✳✳✳
✳
✳ **사랑은**
✳ **구름같이 흐르다가**
사라지게 된다는 걸
왜 이제야 알았을까? ✳
✳
✳
✳✳✳✳

Gabriel의
손그림 다이어리

나에게
다시
사랑할 수 있는
시간이
허락된다면
기다려달라는
말은 하지 않을
거니까

✳ ✳ ✳ ✳
✳
✳ 나에게
✳
다시 사랑할 수 있는
시간이 허락된다면
기다려 달라는 말은
하지 않을 거니까…… ✳
✳
✳
✳ ✳ ✳ ✳

Gabriel의
손그림 다이어리

겨울이
오나봐
바람이 차가워
그 사람도
추울 텐데

✳ ✳ ✳ ✳
✳
✳ 겨울이 오나 봐
✳
바람이 차가워
그 사람도 추울 텐데...... ✳
✳
✳
✳ ✳ ✳ ✳

Gabriel의
손그림 다이어리

전화할까?

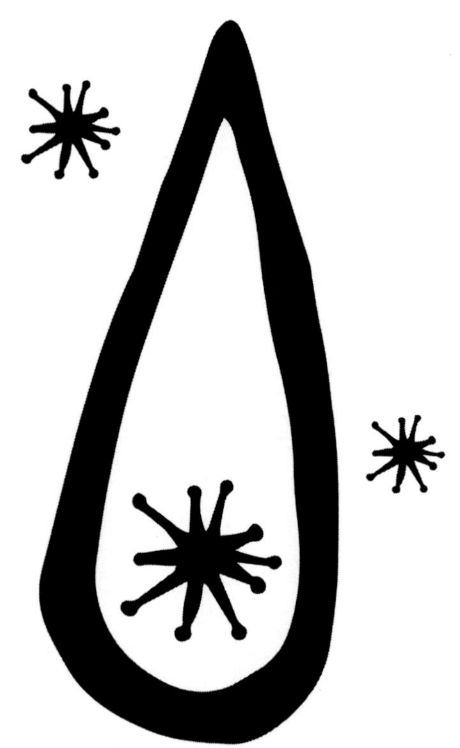

01 나의 에세이

밖에는 눈이 내리고 있었다. 아침에는 분명히 밝은 하늘이었는데 오후가 되니까 자꾸만 어두워져 갔었다. 나는 마당에 나와서 차가운 바람을 맞으면서 하늘을 올려다보았었다. 자꾸만 가슴이 미어져 갔었다.

분명히, 나는 그 사람에게 사랑한다는 의미에 담은 말을 했었다. 그런데 그 사람은 내 마음을 받아주지 못했던 건지, 아니면 무슨 일이 있었던 것인지 가끔 오던 전화조차 없었다. 핸드폰을 내 손에서 내려놓을 수가 없었다. 언제라도 전화벨 소리가 울릴까 싶어서 한 손에는 꼭 핸드폰을 쥐고 있었다.

마당에서 꽤 오랜 시간 동안 서 있었다. 손은 차갑게 얼어붙어 가고 있었고 차가운 손보다 더 차갑게 느껴지는 핸드폰을 놓지 못한 채, 나는 다시 거실 안으로 들어왔었다. 도저히 초겨울 추위를 감당할 수가 없었다. 아마도 몇 시간은 서 있지 않았을까 하는 생각이 들었다. 그 시간 내내 차가운 겨울 눈을 맞으면서 나는 그 사람의 모습들만 떠올리고 있었다.

그 사람을 처음 본 날, 나에게서 눈을 떼지 못하던 모습과 나에게 조심스럽게 말을 걸어오던 모습이 생각났었다. 다른 사람들의 시선을 인식하지 못한 채, 나만 바라보던 그 사람의 모습이 나는 너무나 좋았었다. 사랑을 하게 되면 감출 수가 없다는 그 말은 진실이며, 사실인 거 같았었다.

그런데 왜 연락이 오지 않는 것일까? 내가 너무 급한 마음으로 그 사람에게 내 마음을 표현해서 그런 것일까? 아니면 그 사람에게 다른 사람이 이미, 마음속으로 들어와 있는 것일까? 그것도 아니라면 그 사람은 사랑이라든지 좋아하는 마음을 믿지 않는 사람인 것인가? 사실, 나도 사랑을 믿지 않았었다. 그 감정이 처음에는 잠깐, 지나가는 그저 그런 감기나 평범하면서도 깊은 열병 같은 것인 줄로만 알았었다.

몇 주 동안이나 이어지는 그 사람에 관한 생각들로 나는 아무 일도 할 수가 없었다. 나는 그 사람을 향한 마음과 스쳐 지나가는 여러 장면들이 잘못된 것은 아닐까 하는 생각을 했었다. 그 사람을 닮은 뒷모습만 보아도 내 두 눈은 이미, 그 사람을 향해서 돌아다보고 있었다. 그러고는 핸드폰을 만지작거리면서 문자라도 보내볼까 하는 생각을 종종 하곤 했었다. 그런 생각이 들 때마다 내 마음보다 내 영혼이 먼저 그 사람에게 향하고 있는 느낌이 들었다.

나는 추위를 견디지를 못한 채로 따스한 온기가 있는 거실로 들어와서 한참이나 눈이 내리는 모습을 보면서 그 사람의 얼굴과 눈빛을 생각하다가 내 방으로 들어왔었다. 집에는 아무도 없었다. 가족들은 전부 다 바쁜 일정으로 외출을 나갔었고 나는 혼자서 아무 소리도 내지 않은 채, 울리지 않는 핸드폰만 바라보고 있을 뿐이었다.

다시 한번 연락해 볼까 하는 생각이 들었다. 혹시나, 내 전화인 줄 알고 그냥 끊어버리면 어떡하나 하는 그런 생각도 스쳐 지나갔었다. 다시 한번, 용기를 내어 볼까 하면서도 그 사람은 나의 작은 고백에 왜 대답하지 않는 것일까 하는 생각으로 온종일 차가운 핸드폰을 만지작거리면서 문자를 수도 없이 썼다가 지웠다가를 반복했었다.

그러다가 나는 한숨을 내쉬면서 마음이 먹먹해져만 가는 것이 느껴졌었다. 사랑이라는 것은 길이 보이지 않는 숲속을 걸어 다니면서 어떤 곳에 길이 있는지 찾아 헤매는 남루한 방랑자 같다는 생각이 들었다. 갑자기 뜨거운 눈물이 내 뺨 위로 흘러내리는 것을 느낄 수 있었다. 그 사람과 나는 사귄 적은 없었다. 다만, 그 사람은 늘 바빴었고 나는 바쁜 그 사람에게 연락할 수 있는 시간은 새하얀 새벽뿐이었다.

오늘 밤이 지나가고 새벽이 찾아오는 그때, 연락을 해볼까 하는 생각이 들었다. 아직도 차갑게 느껴지는 내 핸드폰에서 그 사람에 대한 흔적을 많이 찾을 수는 없었다. 그 사람과 같이 찍은 사진은 한 장도 존재하지 않았다. 그냥, 그 사람에 대한 사진이라면 내 머리와 마음속에 담겨 있는 그 사람의 모습들만이 남겨져 있을 뿐이었다.

어느 순간 핸드폰이 울리기 시작했었다. 내 손이 내 마음보다 더 떨리는 것을 나는 느낄 수가 있었다. 핸드폰 화면에는 분명히 발신자 제한이라는 모습으로 화면을 가득 메우고 있었지만 나는 알 수가 있었다. 그 사람이구나 하는 생각이 들었다. 그런데 그렇게 기다렸던 전화인데도 나는 받을 수가 없었다. 손이 너무 떨려왔었고 내 두 눈은 이미, 눈물로 가득했었다.

그래도 받아야겠지라는 생각이 들었다. 전화벨 소리는 아주 오랫동안 울려왔었다. 나는 떨리는 두 손으로 조심스럽게 전화를 받았었다. 그리고 나는 아무 말도 하지 않았었다. 그 사람도 아무 말도 하지 않은 채 그대로 있었다. 내 마음이 너무나 답답하면서도 심장이 딱딱해져 가는 거 같았었다. 내가 먼저 말을 할까 하는 생각이 순간, 스쳐 지나가고 있었다.

그냥 그렇게 전화가 끊어지고 말았었다. 그런데 나는 알 수 있었다. 그 사람이라는 것도, 그 사람이 나에게 고백과 닮은 무엇인가를 하려고 전화했었다는 것을 정확하게 깨달아 가고 있었다. 그래서 나는 급하게 문자를 써 내려갔었다.

" 있잖아요. 선배인 거, 저 다 알고 있어요.
왜 전화하고 말을 하지 않는 거예요. "

이렇게 문자를 써서 보내었다. 그리고 한참이나 그 사람에게서 올 연락을 기다리고 있었다.

가족들이 다 들어와, 시끌벅적한 저녁 시간을 보내면서도 나는 핸드폰을 손에서 놓을 수가 없었다. 혹시나 그 사람에게서 연락이 올 수도 있었으니까 ……. 또 아무 말이 없는 전화로 내 마음을 먹먹하게 만들 수도 있었지만 나는 그 사람에게서 올 전화를 기다릴 수밖에 없었다.

잠자리에 누웠지만, 그 사람에 관한 생각으로 잠을 잘 수가 없었다. 그래서 답답한 마음을 정리하려고 마당으로 다시 나와서 밤하늘을 올려다보았었다. 나조차도 내 마음을 어쩌지를 못하고 있었다. 입에서 새하얀 입김이 새어 나오면서 깊은 한숨이 저절로 나오고 말았었다. 그 사람이 분명히 날 좋아하고 사랑하는 것을 알고 있었기 때문인 건지, 나의 작은 고백에 대한 대답을 이미 짐작하고 있어서인지, 무엇 때문에 이렇게 심장이 딱딱해져 가면서 마음이 답답해져 가는 것인지 나도 알 수가 없었다.

저녁 무렵에는 눈이 그쳤었는데 다시 눈이 내리기 시작했었다. 밤하늘을 올려다본 채로 차가운 눈을 맞으면서 한 손에는 핸드폰을 힘껏 쥐면서 들고 있었다. 내리는 눈은 낮보다 더욱더 차갑게 느껴졌었고 눈물이 저절로 내 두 뺨 위로 흘러내렸었다.

전화할까 하는 생각이 이내 들었다. 내 전화를 받지 않으면 어떡하지 하는 생각과 함께 새하얀 새벽이 다 될 때까지 나는 그 사람의 전화를 기다렸었다.

01 그 사람의 편지

너에게

내가 얼마나 너에게 연락을 하고 싶어 했는지 너는 모를 거야. 네 고백을 들었을 때도 바로 대답해 주고 싶었어. 사실, 너를 처음 보았을 때부터 너를 좋아했었던 거 같아. 그러다가 점점 더 네 생각이 많이 나면서부터 나는 깨달았어. 사랑은 한 번만 찾아올 수도 있지만 두 번째의 사랑도 찾아올 수 있다는 사실을 말이야. 내가 했었던 첫 번째 사랑도 힘들게 끝이 났었거든. 이번에도 그럴 수밖에 없을까 봐 얼마나 걱정이 되는지 너는 짐작도 못 할 거야.

내가 살아가고 있는 곳의 세계는 평범하질 못해. 때로는 너무 잔인하기도 하고 사람의 마음이 다치는 것 따위에는 표면에 드러나는 것이 아니기 때문에 그다지 다들 신경 쓰지 않는 거 같아.

그런 잔인한 곳에 사는 나이지만, 너에게만은 그런 곳의 사람들을 만나게 한다거나 내가 그런 잔인한 사람들과 엮어있다는 사실을 모르게 하고 싶었어. 너의 밝게 웃는 모습이 너무 좋았었고 순수해 보이는 너의 태도도 마음에 무척 들었었어. 나는 네 생각을 너무 많이 하다가 새벽을 맞이할 때가 많았었거든. 그러다가 어쩔 수 없이 전화하곤 했었어. 그런데 누군가가 너를, 내가 좋아하고 사랑해가고 있다는 사실을 알까 봐, 얼마나 마음을 졸였는지 너는 모를 거야.

발신 제한으로 전화를 자주 했었던 것도 정말 미안하고 그 전화를 받아준 너에게 고맙다고 말하고 싶었어. 내가 생각하는 만큼 너도 내 생각을 하는지 너무 궁금해. 네 마음이 다치지 않았으면 좋겠어. 너와 정말 가깝게 지내고 싶어. 그런데 그게 가능할까? 내 첫 번째 사랑도 놓쳐버렸는데 두 번째 사랑도 놓치게 될까 봐 나는 너무 두려워. 미안하다는 말은 꼭 하고 싶었어. 그래서 편지를 쓰게 된 거야. 나 때문에 마음 아파하지 마. 아무래도 나는 사랑받을 자격이 없는 거 같다는 생각이 들어. 너는 어떻게 생각하니?

너를 사랑하는 선배로부터

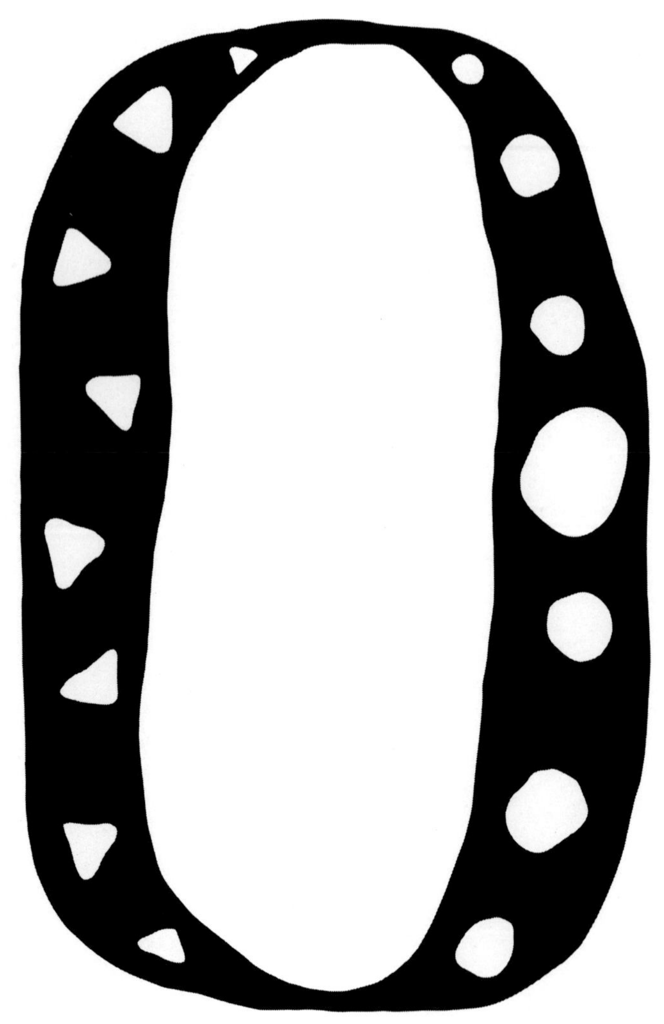

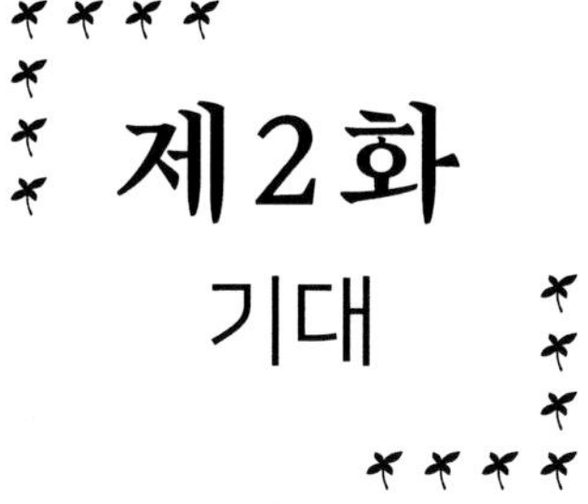
제2화
기대

Gabriel의
손그림 다이어리

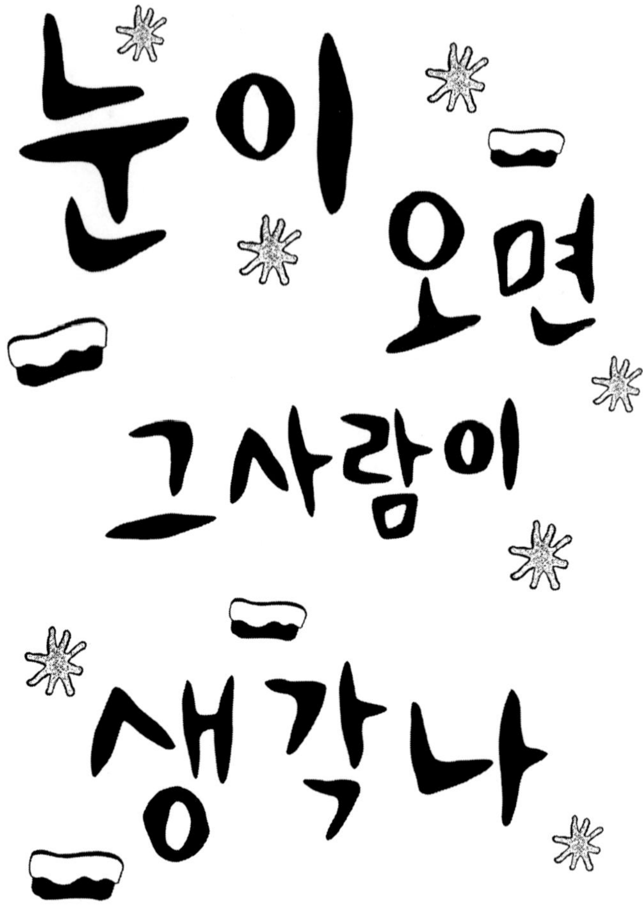

눈이 오면 그 사람이 생각나……

Gabriel의
손그림 다이어리

그일까?

Gabriel의
손그림 다이어리

그 사람이 기다리지는 않을까

그 사람이 기다리지는 않을까?

Gabriel의 손그림 다이어리

여보세요?

Gabriel의 손그림 다이어리

보고 싶어.

02 나의 에세이

지난겨울은 눈이 유난히 많이 내렸었다. 그래도 나는 맨손으로 핸드폰을 손에 쥔 채로 자주 거리를 걷곤 했었다. 혹시나, 그 사람에게서 전화나 문자가 올지도 모른다는 생각이 너무나 많이 들었기 때문이었다. 내가 거리를 자주 걸었던 이유는 마음이 너무나 답답하면서도 먹먹했었고 어떻게 해야 할지를 전혀 모르겠다는 나의 마음 상태 때문이었다.

전화를 한번 해볼까 아니면 문자라도 보내 볼까 하는 그런 생각들이 나의 온 마음을 뒤흔들고 있었다. 혹시라도, 전화벨 소리가 울리면 그 사람인지 싶어서 나의 심장은 늘 뜨겁게 뛰곤 했었다. 그리고 눈을 감고 전화를 받으면 그 사람이 아닌 작은 목소리가 나의 귀를 괴롭히곤 하였었다. 대부분이 친구 전화나 나와 친했던 선생님의 전화가 전부였었다.

어떤 날은 문자가 꽤 많이 온 적이 있었다. 그런 날에는 정말 정신이 하나도 없었다. 문자가 많이 와서, 대답해야 하는 일이 많아서 그런 것은 아니었다. 문자가 왔다는 벨 소리나 진동 소리를 들을 때면, 혹시나 그일까 하는 생각 때문에 온종일 정신이 없었기 때문이었다. 그 사람은 사실, 낮에는 거의 연락하지 않는 사람이었다. 물론, 나도 그 사실을 잘 알고 있었지만 그래도 혹시나 하는 마음으로 전화를 기다리고 있었다.

그렇게 나에게 너무나도 혹독했던 겨울은 지나가고 있었다. 그리고 바람결이 제법 따스하게 느껴지던 어느 날이었다. 그날도 나는 여전히 그 사람의 전화나 문자를 기다리면서 거리를 걷고 있었다. 그 당시의 나는 평범한 여대생이었다. 그래서 점심시간이면 친구들과 만나서 밥을 먹고 평범한 수다를 떨면서 시간을 보내고는 했었다. 가장 친한 친구 한 명을 제외하고는 내 평범한 친구들은 내가 그 사람을 너무나 많이 좋아하고 있다는 사실을 전혀 몰랐었다. 그리고 그 평범한 친구들이 그 사람에 대해서 이야기하기를 시작했었다.

나는 아무 말도 하지 않은 채, 핸드폰을 손에 꼭 쥐고 친구들의 가벼운 이야기를 듣고 있었다. 친구들의 이야기를 줄여서 정리하자면, 한마디로 그 사람은 더는 볼 수가 없다는 거였다. 다른 학교로 편입했다는 이야기를 들었었다. 내가 아무 말도 하지 않자, 친구 한 명이 조용한 귓속말로 물어 왔었다.

" 이제 연락이 없는 거야? 아니면 편입한 줄 몰랐어?
나는 네가 친한 줄 알았는데……."

나는 친구의 물음에 대답할 수가 없었다. 물론, 나의 작은 고백을 하기 전에는 그 사람과 친했었다는 것은 맞는 말이었다. 그런데, 내 작은 고백 이후에는 그 사람은 전혀 다른 반응을 보였었다. 내가 전화를 하면 아무 말도 하지 않았었고 문자를 보내면 아주 오랜 시간이 지난 후에 뜬금없는 문자를 보내곤 했었다. 아예, 그 사람으로부터 연락이 없는 거나 마찬가지였었다. 지난겨울을 보내고 봄이 되면서는 거의 연락이 없었다. 새하얀 새벽이 되면 가끔 오던 발신자 제한 전화도 거의 없었다. 그리고 새벽에 내가 전화를 아주 가끔 받아도 아무 소용이 없는 무음뿐인 전화였었다.

내 친구들은 나를 가만히 쳐다보고 있었다. 나도 무안해서 무슨 말을 해야 하긴 하는데 어떤 말을 해야 할지를 몰라서 그냥, 가만히 앉아 있었다. 그런데 갑자기 두 눈에서 눈물이 가득 고여지는 것이 느껴졌었다. 그 자리에서 일어나서 화장실로 향했었다. 나도 모르게 눈물이 쉼 없이 쏟아지고 있었다. 화장실로 가는 내내 눈물이 났었고 아무도 없는 화장실에서도 눈물을 쏟아낼 수밖에 없었다.

나를 피하려고 그 사람이 편입했다는 이야기로밖에 들리지 않았었다. 눈물을 흘리면서 나는 핸드폰을 꽉 쥘 수밖에 없었다. 한참이나 울고 난 다음에 나는 또다시 마음이 먹먹해지면서 심장이 딱딱해져 가는 것을 느낄 수가 있었다. 그리고 숨을 쉴 수가 없었다. 그래서 깊은 한숨과 닮은 숨을 내쉬면서 오늘은 그냥 집으로 돌아가야겠다고 생각했었다.

집으로 가는 길 내내 나는 깊은 생각에 빠졌었다. 왜 그랬을까? 내가 그렇게 그 사람에게 짐이 되었었나? 아니면 단순하게 내가 싫었던 것일까? 그게 아니라면 왜 그런 두 눈으로 나를 보았던 것일까? 다른 사람들이 다 알 정도로 나를 뚫어지게 본 이유는 무엇이었을까? 처음에는 내가 전화만 하면 기분 좋게 대답해 주던 그 사람은 도대체 왜 그런 것일까? 아니면 나도 모르는 무슨 사연이 있는 것일까?

온통 그런 생각들로 나는 마음이 너무나 답답해져 왔었다. 지난 몇 개월간 그 사람에게서 혹시나 올 연락을 얼마나 기다렸었던지 아무도 모를 것이다. 왜냐하면 내가 그 사람을 얼마나 많이 좋아하고 자주 생각하는지 입 밖으로 낸 적이 없었기 때문이었다. 나중에 그 사람에게서 나의 작은 고백에 대한 대답을 들은 다음에는 이야기하려고 했었다. 엄마에게도 아빠에게도 그리고 내 작은 여동생에게도…….

나는 무슨 사연이 있어서 그런 거겠지 하는 생각으로 마음을 정리하곤 했었다. 혼자서 그렇게 많이 좋아할 수는 없다고 나는 생각했기 때문이었다. 그 사람이 너무 많이 생각이 나서, 어떻게 할 수가 없는 상황이 되어서야 나는 가장 친한 친구에게 고민을 이야기했었다. 내 가장 친한 친구는 그게 사랑이야 그렇게 이야기해 주었다. 자꾸 생각나고 너무 보고 싶어서 전화하고 싶고 목소리라도 들으면 마음이 안정되는 것 그게 사랑이라고 하였었다. 내 가장 친한 친구도 그렇게 사랑을 시작했다고 했었다.

집에 돌아가는 길 내내 눈물을 훔쳐내면서 내 가장 친한 친구의 말을 곱씹어 보았었다. 그런데 갑자기 전화가 왔었다. 전화받을 상황이 아니었는데 받을 수밖에 없는 내 가장 친한 친구의 전화였었다. 나는 전화를 받으면서 간단히 대답만 하고 전화를 끊으려고 하는데 내 가장 친한 친구는 이렇게 이야기했었다.

" 그거 짝사랑 아니야. 혼자서 그렇게 많이 좋아하는 거,
그거 그게 증거야. 울지 마."

맞는 말이었다. 울긴 왜 우는 것일까? 운다고 그 사람을 한 번 더 볼 수 있는 그런 상황도 아니었다. 내 가장 친한 친구는 내 마음을 말하지도 않았었는데 너무나도 잘 알고 있었다. 그 친구도 그랬던 것일까? 몇 달 동안 서로 아무런 연락이 없었는데 갑자기 전화하면, 그 사람이 당황해하지 않을까? 작은 고백을 했었던 그 당시의 내가 마음이 너무 조급했었던 것은 아닐까 하는 생각이 들었다. 그 사람이 내 작은 고백을 받아들일 수 있었을 때 고백할걸……. 너무나 후회되었다. 그리고 집 부근에 다 와서 버스 몇 정거장 앞에서 내린 다음에, 한참이나 걸어서 집으로 돌아가고 있는 길이었는데 그 사람이 내 눈에 보이고 있었다.

나는 너무나 놀라서 가던 길을 멈추고 한참이나 그 사람을 바라보고 있었다. 분명히, 그 사람이었다. 그 사람이 나에게 조금씩 다가오고 있었다. 나는 핸드폰을 꽉 쥐고 있었고 한쪽에 메고 있었던 가방은 방향을 잃어버린 채 흘러내려 버렸었다. 그 사람은 조금씩 가까이 나에게 다가왔었고 나는 무엇이라고 말을 하고 싶었는데 내 생각과는 전혀 다른 말이 나왔었다.

" 인제 그만할게요. 저도 이제 싫거든요. "

그런데도 그 사람은 나에게 점점 더 가까이 다가왔었고 나는 또

다시 울고 있는 것이 느껴졌었다. 그 사람은 아무런 말도 없이 나에게 다가오더니 나를 끌어 앉았었다. 나는 한 손에 꼭 쥐고 있었던 핸드폰을 그만 놓치고 말았었다.

그 사람은 나를 그렇게 안아주더니 갑자기 나를 놓아주고는 떠나버렸었다. 나는 눈물을 흘리면서 가방을 다시 제대로 메었고 떨어진 핸드폰을 주워들었다. 내 두 눈에서 눈물이 쉼 없이 흘러나왔었다. 집으로 돌아가는 길 내내 울었었고 눈물을 닦아내면서 다시 전화해 봐야겠다고 생각했었다.

집에 도착하고 나니 그 사람이 너무나 보고 싶어졌었다. 눈물을 제대로 닦았는지 거울로 나의 모습을 확인해 보았었다. 가족들에게 아무런 티를 내고 싶지 않았었고, 나에게 많이 좋아하는 사람이 생겼다고 이야기하고 싶은 마음도 없었다. 연락은 하지도 않았으면서 갑자기 찾아와서 이런 행동을 한다고 많이 사랑하는 것은 아니니까……. 나는 결심했었다. 그 사람의 목소리로 나를 사랑한다고 말할 때까지 기다려 주기로……. 그리고 그런 기대를 하면서 잠깐 기다리는 것도 나쁘지 않을 거 같았었다. 나는 내 작은방에서 가방을 내려놓고 문자를 보내었다.

" 보고 싶었어요. "

02 그 사람의 편지

너에게

나는 너의 고백을 계속 생각할 수밖에 없었어. 얼마나 많은 시간 동안 너의 고백을 생각했었는지 너는 모를 거야. 그리고 나는 첫 번째 사랑을 할 때를 생각하게 되었어. 그때는 내 주위 사람들도 다 알고 있었거든. 나의 첫사랑이 시작되었다는 사실을 말이야. 곧 나를 홀로 키워주신 아버지도 이 사실을 알게 되셨고, 너무 평범한 집안의 사람이라고 싫다고 이야기도 해주셨어. 결국, 나의 세계 사람들이 방해하는 바람에 헤어지게 되었어.

그런데 나는 평범한 사람이 좋더라고……. 평범한 가정에서, 많은 사랑을 받고 자란 사람이 내 짝이 되어 주었으면 했거든. 그런데 내가 사는 사람들의 세계에서는 그런 평범함, 자체가 약점이 되곤 했었어. 너는 이해를 못 하겠지. 평범하게 사랑하고 하루를 지내고 또 다른 하루를 살아가는 것, 나는 이렇게 살고 싶었어.

너를 보는 순간 나는 아무래도 널 많이 좋아하게 될 거 같다고 생각하게 되었어. 너의 웃는 모습이 너무나 좋았었거든. 처음에 너는 날 보지 않는 거 같았었어. 그래도 나는 너를 계속 보게 되었고 너만 생각하면서 하루를 보낸 적도 많이 있었어. 특히, 자기 전에 네 생각을 많이 했었는데 너에게 연락을 하고 싶어서 얼마나 내 마음이 힘들었는지 너는 모를 거야. 내 주위 사람들이 너의 존재를 알게 될까 봐서 그 점이 가장 걱정이 되었었고 이번에도 방해를 받지 않을까 하는 생각도 많이 들었었어.

그래서 아무런 말도 없이 너를 보고만 있었고 그 시간 내내 행복했었어. 너는 그렇지 않았니? 네가 연락을 기다리지는 않을까 하는 생각을 하고 있었지만, 첫 번째 사랑 때처럼 무슨 일이 일어날까 봐 그 점이 너무 걱정되었던 거야. 어떤 방해인지는 말하고 싶지 않아. 이런 말 자체가 너에게 상처가 될 거 같다는 생각도 물론 하고 있어. 그냥, 나 혼자 좋아하고 사랑하는 짝사랑이면 얼마나 좋을까 하는 생각도 들더라. 그런데 깊이 좋아하는 이 감정들이 혼자만의 감정이 아니라는 사실을 네가 이야기해 주었고 그래서 겨우내 고민할 수밖에 없었어.

늘 보고 싶었어. 그리고 지금도 네 웃는 모습이 너무나 그리워. 아무래도 널 깊이 사랑하게 될 것만 같아.

너를 사랑하는 선배로부터

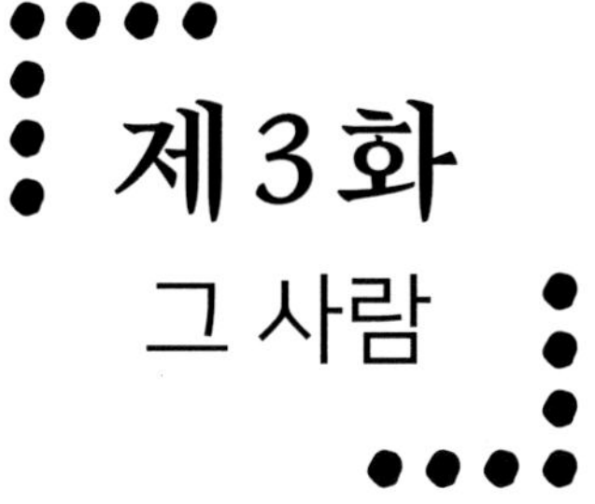

제3화
그 사람

그 사람은 뒤돌아보지 않았다

그 사람은 뒤돌아보지 않았었다.

Gabriel의
손그림 다이어리

꼭 돌덩어리
같은 사람이었다.

Gabriel의 손그림 다이어리

가끔
웃기도 했었지만,

Gabriel의 손그림 다이어리

가슴 속에
눈물이
많아
보였었다

가슴속에 눈물이
많아 보였었다.

Gabriel의
손그림 다이어리
그
사람이
저멀리
보
였
다

그 사람이
저 멀리 보였다.

03 나의 에세이

그날 이후, 나는 줄곧 그 사람을 생각하면서 지내었다. 그러다가 내 가장 친한 친구의 조언을 심각하게 고민할 수밖에 없었다.

" 네가 좋아하는
그 사람이 다니는 학교로 한번 찾아가 보는 것은 어때? "

이 말을 듣는 순간, 내가 찾아간다고 해서 그 사람이 나를 아는 척은 해줄까 하는 생각이 들었다. 내 가장 친한 친구에게는 그 사람이 갑자기 찾아와서, 나를 안아주고는 뒤도 돌아다보지도 않고 떠나버렸다는 말은 할 수가 없었다. 어떻게 보면 스토커 같기도 했었다. 내가 어디로 걸어 다니는지 어느 가게에 자주 들르는지 다 아는 거 같았기 때문이었다.

그 사람과 내가 같은 학교에 다닐 때, 나는 그 사람에 대해서 모르는 것이 많았었다. 그 사람이 다시 찾아온 그날 이후로, 나는 그 사람이 아무래도 내성적인 사람이 아닌가 하는 생각도 들었다. 그 사람에 비하면 나는 상당히 적극적인 사람으로 보일 수도 있겠다고 하는 생각이 슬며시 들면서, 그 사람과의 잠깐 스쳐 지나갔었던 일상들을 생각해 보았었다.

나는 수업 시간에 앉아 있는 그 사람의 뒷모습을 볼 때면, 너무나 쓸쓸해 보이면서도 외로워 보였었다. 나의 뒷모습이 그 사람만큼이나 쓸쓸해 보이는 것은 아닐까 하는 생각도 들었다. 그래서 그 사람 옆이나 뒤에 앉으려고 상당히 노력을 많이 했었다. 내 뒷모습을 보여주고 싶지 않았었다. 어쩌면 내 뒷모습이 그 사람보다 더 외로워 보일 수도 있었으니까……. 그런 모습을 보여주는 것, 자체가 나에게 너무나 큰 스트레스였었다.

그 사람은 사실, 표정도 거의 없는 사람이었다. 아무래도 내 짐작이 맞는 거 같았었다. 나와는 다르게 자신의 의사를 얼굴에 표현하지 않았었고 생각이 너무나 깊은, 내성적인 그런 타입의 사람이라는 것을 그 사람과 함께 수업을 들으면서 깨달아 가고 있었다. 수강 신청을 할 때면 그 사람이 어떤 수업을 들을 계획인지 알고 싶어서, 내가 직접 그 사람에게 물어보기보다는 그 사람의 친구들끼리 하는 이야기를 엿들으면서 수강 신청을 진행하곤 했었다.

그러던 어느 날이 되었다. 봄은 이미 지나가 버렸었고 가을 학기가 되던 그런 날이었다. 가을이 되니까 아무래도 공기가 차가워졌었다. 나는 가을이 되면 목감기에 자주 걸리곤 했었다. 그래서 목소리가 제대로 나올 때가 별로 없었다. 그런 날들이 지나가던 어느 시간에 그 사람이 나에게 처음으로 말을 걸어왔었다.

" 저기, 나랑 수업같이 듣지 않아?
지난번 수업 시간에 내준 과제 때문에 그러는데…….
자세하게 조금 알려줄 수 없을까?
내가 지난번 수업에 빠져서 말이야……. "

나는 상당히 당황했었고 그 사람에게 어떤 말을 해야 할지를 몰랐었다. 그렇게 그날, 나를 빤히 쳐다보다가 한 말이 과제 이야기였었다. 그리고 그 사람은 말끝을 흐리는 습관이 있었다. 그 사람의 얼굴을 아무 말 없이 쳐다만 보았었다. 나는 깊은 한숨을 내쉬면서 이야기했었다. 대화를 잠깐 이어나갔었지만, 나에게는 아주 긴 시간처럼 느껴졌었고 내 두 볼이 빨갛게 변해가는 걸 느낄 수 있었다. 그런데 목감기 때문인지 목소리가 정확하게 나지가 않았었다. 결국에는 헛기침을 할 수밖에 없었다. 헛기침을 나도 모르게 두어 번 하니까, 그 사람은 갑자기 자기 주머니에서 손수건을 꺼내더니 나에게 주었다.

" 저기 괜찮아요. 제가 목감기에 걸려서요.
그럼 다음에 또 뵐게요. "

나는 그렇게 인사를 어설프게 한 다음에 또 만나자고 하였었다. 지금 생각해 보면 그때의 나는 온종일 그 사람을 생각할 때가 많이 있었기 때문에 그래서 또 만나자는 말이 무의식중에 나와 버리고 말았던 것 같았다. 그런데 내 뒷모습을 보여주기가 싫어서, 그냥 서 있자 그 사람은 나에게 살며시 웃으면서 이야기했었다.

" 저기 손수건은 안 돌려줘도 돼.
네가 착하다고 다들 그러더라.
그래서 물어본 거야. 다음 수업 시간에 또 보자."

내성적인 사람인 줄 알았었는데 내가 생각했었던 것보다 부끄러

워하거나 창피해하는 그런 타입은 아닌 거 같았었다. 그래서 나는 뒤돌아서 걸어가는 그 사람에게 달려가서 이야기했었다.

" 저기 핸드폰 번호 좀 알 수 있을까요? "

그 사람은 뒤돌아보지 않은 채 걸음을 멈추었다. 그리고 아주 천천히 나를 돌아다보았었다.

" 왜 내 핸드폰 번호를 알려 줘야 하는 거지?
그리고 나는 ……. 이미 ……. 아니야. 알려줄게. "

" 네? 뭐라고요? "

목감기에 걸린 거친 내 목소리가 나를 울리면서 이야기가 흘러나오고 있었다. 나는 그 사람의 번호를 알고 싶었는데, 그 사람은 알려준다고 이야기하더니 그냥 나에게서 떠나 버리고 말았었다. 그리고 그날 밤이 깊어져서 새벽이 되려고 하는데 연락이 왔었다. 짧은 문자였었다.

" 저기 선배인데 ……. 너무 늦게 연락해서 미안해. "

나는 그 문자를 몇 번이고 계속 읽어보면서 뭐라고 해야 할까 하는 생각에 잠기었다가 아침이 되어 버렸었다. 그러다가 이른 아침에 그 사람에게 전화하고 말았었다.

" 저기 ……. 선배, 전데요. 우리 오늘 점심때 만나면 안 돼요?"

그 사람의 목소리를 기다리고 있었는데 그 사람은 내 전화를 끊어버렸었다. 그러고는 또다시 나에게 짧은 문자를 보내었다.

" 그래. 학생 식당 앞에서 열두시 즈음에 만나자. "

그래서 나는 다시 전화했었다. 나는 그 사람의 목소리가 듣고 싶었다. 밤이 새도록 나는 그 사람의 연락을 기다리고 있었는데 고작 하는 말이 늦게 연락해서 미안하다, 열두시 즈음에 만나자는 그런 문자들뿐이었다. 그런 문자들도 읽고 싶지 않았었다. 그냥 그 사람의 목소리를 들으면서 천천히 대화해 보고 싶을 뿐이었다. 그런데 그 사람에게 전화해 보니 핸드폰 신호음만 있을 뿐 전화를 받지는 않는 것 같았었다. 나는 긴 한숨을 내쉬었다. 그러고는 핸드폰을 화가 나서 꺼버렸었다.

그날은 사실 토요일이었다. 학교에는 거의 사람들이 없는 그런 날이었다. 더욱이 우리 과 친구들과 타과의 친구들이 학교에 나오는 날이 아니었다. 침대에 누워 있어도 잠이 오지 않았었다. 그래서 나는 나갈 준비를 서둘러서 하고는 그 사람을 만나러 학교로 향했었다. 어쩌면 나오지 않을 수도 있겠다는 생각도 들었다.

자꾸만 한숨이 나왔었고 학교에 오니까 정말 사람들이 거의 없었다. 내가 도착한 시간은 오전 열 시였었다. 그래서 학생 식당으로 올라가서 자리를 잡고 앉았었고 엎드려서 잠을 자려고 했었다. 그런데 밖을 보니 그 사람이 서 있었다. 그때 생각이 났었다. 핸드폰을 꺼 놨다는 사실을 말이다. 그래서 얼른 핸드폰을 다시 켰었다. 그러고는 문자를 다시 보내었다.

" 저 지금 출발했어요. "

약이 올라서 나도 짧게 대답했었다. 그것도 아주 늦게 대답해 주고 싶었다. 왜 이렇게 약이 오르는지 그때 당시의 나를 지금도 이해할 수가 없다. 그 사람을 자세히 살펴보니 여전히 두 어깨가 외로워 보였었고 서 있는 모습이 제법 차가운 가을바람처럼 쓸쓸한 거 같았었다. 그러다가 그 사람이 학생 식당 쪽으로 돌아다보길래, 나는 순간 당황했었고 갑자기 엎드리고 말았었다. 계속 그 상태로 십여 분쯤 있었다. 갑자기 잠이 쏟아지기 시작했었다. 그러다가 그 사람에게서 전화가 왔었다. 내 핸드폰 벨 소리는 아무도 없는 학생 식당에서 크게 울리었고 나는 곧 전화를 받았었다.

" 저기……. 난데 오늘 뭐 먹을래? 오고 있는 거 맞지? "

" 아! 네. 맞아요. 아무거나 괜찮아요. 고기만 아니면…….
제가 고기를 잘 못 먹거든요. "

" 그래. 알았어. 기다리고 있을게. "

" 네! 금방 갈게요. "

금방은 무슨 나는 이미 학생 식당에 있었다. 나는 그래서 알람을 맞춰놓고 잠을 청하였었다. 그런데 별별 생각이 다 들었다. 지난 봄부터 빤히 나를 자주 쳐다보았었고, 말은 한 번도 하지 않다가 과제를 물어보는 것조차도 괜스레 짜증이 났었다. 그러다가 자리에서 벌떡 일어났었고 나를 기다리고 있는 그 사람을 쳐다보았었다. 그리곤 그 사람에게 문자를 보내었다.

" 도착했어요. 학생 식당 안 이예요. "

그렇게 그 사람이 걸어 올라오는 것을 보고만 있었다. 나는 확인이 하고 싶었었다. 그 사람이 나를 마음에 두고 있는지 아니면, 그냥 후배로만 생각하는지 그 사실이 너무나 궁금했었다. 그 사람은 학생 식당 안으로 걸어 들어왔었고 나는 앉아 있었던 자리에 그대로 앉아 있었다. 그 사람도 곧 내 맞은편 자리에 앉았었고 내 눈을 똑바로 보지 못하였었다. 나는 그 사람의 눈만 쳐다보고 있었다.

" 저기 궁금한 것이 있는데요.
왜 그렇게 빤히 저를 자주 보시는 거예요? "

그 사람은 아무 말이 없었고 나의 눈빛을 피해 나를 한참이나 보더니, 이렇게 이야기했었다.

" 나가자! "

그래서 나는 그 사람의 말대로 나갔었고 우리는 나란히 걸으면서 아무 말도 주고받지 않았었다. 나는 너무나 답답했었다. 분명히 나를 좋아하는 거 같았기 때문이었다. 그런데 그 사람은 표현을 거의 하지 않았었다. 나중에야 나는 알게 되었다. 그 사람에게도 생각해 볼 시간이 필요했었다는 것을 말이다.

03 그 사람의 편지

너에게

네가 나를 봐주었으면 얼마나 좋을까 하는 생각을 하면서 수업을 들으러 가게 되는 거 같아. 너는 그렇지 않았니? 서로 깊이 좋아하게 되면 눈빛에서 감정을 감출 수 없다는 것을 나는 경험을 통해서 잘 알고 있어. 그런데 이번에는 정말 사랑하는 티를 내고 싶지 않았어. 예전처럼 어쩔 수 없이 헤어지게 될까 봐. 너무 많이 걱정되었거든.

그런데 너를 볼 때면 내 영혼과 마음이 너에게로 향하는 것은 나조차도 막을 수가 없었어. 그렇게 고민을 하다가 너에게 말을 걸게 된 거야. 내가 얼마나 많이 고민하다가 너에게 말을 걸게 되었는지 너는 전혀 모를 거야. 내가 사는 세계의 사람들은 말 한마디도 목적 없이 하지 않거든. 나도 모르게 그래서 습관처럼 너에게 과제에 대해서 물어보게 된 거 같아. 사실, 과제를 물어보고 싶은 것은 아니었어. 네 얼굴을 가까이서 자세히 보고 싶었고 네 핸드폰 번호도 이미 알고 있었지만, 그 사실을 모르는 너에게 직접 내 핸드폰 번호도 알려주고 싶었거든. 아무래도 너는 내 마음을 이해하지 못할 거 같아.

자꾸만 아버지께서 잘 모르는 그녀와 함께 약혼하고 서둘러서 결혼한 다음에 다른 학교로 옮기라고 하시는 바람에 너에게 더 다가갈 수 없었던 거야. 나는 너하고 같이 다니는 학교가 참 좋았었거든. 너도 그랬을 거 같아. 평범하게 친구들을 만나고 수업을 진행하고 고민도 서로 털어놓으면서 이야기하고 그렇게 지내는 거 자체가 나에게는 행복이었거든. 그런데 너를 깊이 좋아하게 되면서 다시, 사랑이 시작되려고만 하는 거 같아서 마음이 점점 더 무거워졌었어.

너에게 너무 늦게 문자를 보낸 것도 정말 미안하고 별 대화도 없는 짧은 데이트를 신청한 것도 잘못된 선택이었던 거 같아. 나는 너의 평범함이 가장 좋았었어. 어떻게 고백을 해야 하는 건지 그것도 잘 모르겠더라. 그래서 대화를 많이 못 한 거 같아. 다시, 데이트하게 된다면 너에게 많은 이야기를 해주고 싶어. 왜 이렇게 자기 전에 네 생각이 많이 나는지 모르겠어. 네 생각을 하고 있으면 잠이 쉽게 오지 않더라고……. 지금 너도 내 생각을 하고 있을까?

너를 사랑하는 선배로부터

제4화
나와 그 사람

Gabriel의
손그림 다이어리

전화벨 소리가 울렸다.

Gabriel의 손그림 다이어리

왜 안 올까?

Gabriel의
손그림 다이어리

어! 지나간다.

Gabriel의 손그림 다이어리

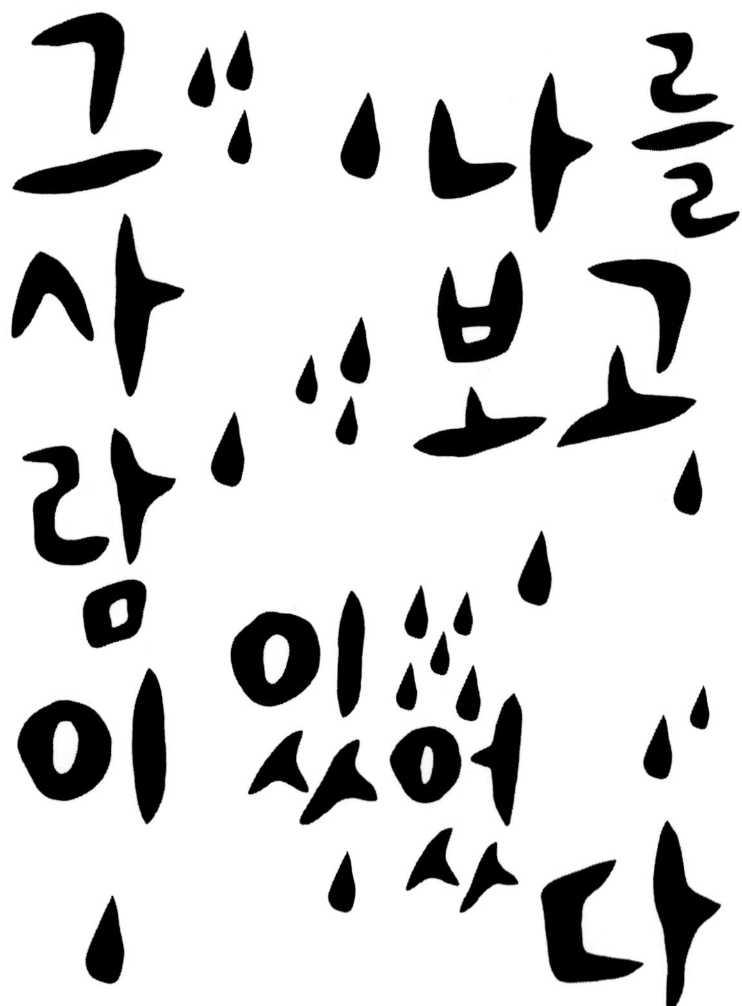

그 사람이 나를
보고 있었다.

Gabriel의
손그림 다이어리

따라갈까?

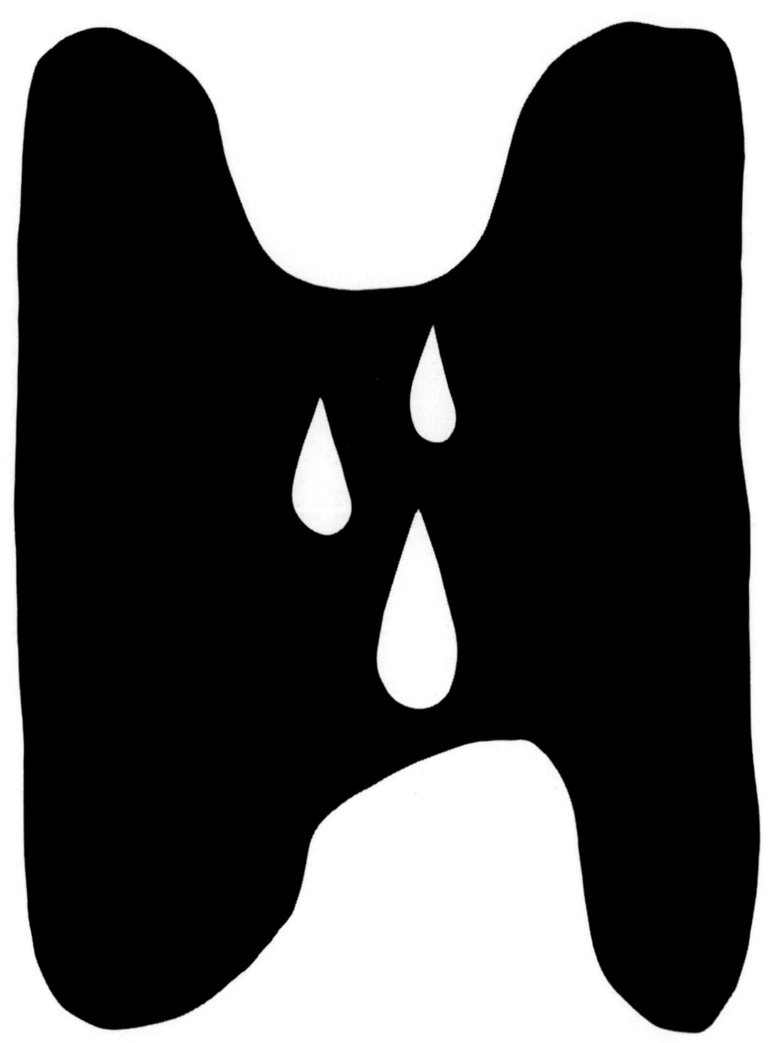

04 나의 에세이

텅 비어 있는 학교에서의 짧은 만남 이후에, 우린 서로 연락하지 않았었다. 나는 그 사람을 테스트해 보고 싶었었다. 늘 내가 먼저 그 사람을 살펴보는 거 같았었고 핸드폰 번호도 내가 먼저 물어보았었다. 여하튼, 다 내 마음에 들지 않았었다. 지금은 그 사람이 다른 학교로 떠나고 없었지만, 그 사람과 학교를 같이 다닐 때는 밀고 당기는 것을 확실히 하고 싶었었다.

내 가장 친한 친구는 이렇게 이야기했었다.

" 내가 볼 때는 그 사람이 너 많이 좋아하는 거 같은데…….
만나 보니까 어땠니? "

나는 아무 말도 하지 않았었다. 그때라는 시절에는 온종일 그 사람만 생각하면서 지내는 때가 거의 다였었다. 혹시나 그 사람에게서 연락이 올까 봐, 핸드폰도 얼마나 자주 확인했었는지 아무도 모를 것이다. 내 마음과 심장은 시간이 지나면 지나갈수록 딱딱해져 가는 것을 느낄 수 있었다. 그 짧은 만남 이후로 그 사람이랑 수업을 같이 들을 때면 나는 주로 그 사람 뒤편에 앉았었고 그 사람은 나보다 앞에 앉았었다. 그래야 내가 수업 시간 내내 그 사람을 보고 있을 수 있었으니까…….

나의 이런 마음들을 그 사람에게 문자로 길게 써서 보내 볼까 하는 생각을 하기도 했었다. 오늘은 무슨 일이 있었고 어떤 마음으로 지냈었는지 정말 연락하고 싶었었다. 그런데 그 사람에게서는 아무런 연락이 없었고 그냥 그날의 짧은 만남은 가벼운 답례로 나에게 밥을 사준 것뿐이었나 하는 생각도 들었다. 그래서 나는 그 사람에게 말을 걸어보기로 결심했었다.

" 저기……. 선배님! 커피 드세요. "

따듯한 아메리카노를 내밀었다. 그 사람은 그날 처음으로 나의 눈을 제대로 쳐다보았었다.

" 어. 고마워! 잘 마실게. "

그 사람은 조금은 당황해하면서도 눈빛이 떨리고 있었다. 그러고 나서 나는 그 사람에게 오늘 저녁에는 문자를 길게 써서 보내야지 하는 생각을 하면서 수업 시간 내내 그 사람의 뒷모습을 보면서 그 시간을 길게 보내었다. 하루의 모든 일과를 다 끝내고 나서, 자기 전에 그 사람에게 문자를 보내게 되었다.

" 커피 맛은 괜찮았나요?
제가 수업 시간에 설명을 들어도
잘 모르는 부분이 있어서 그러는데요.
조금만 설명해 주실 수는 없을까요? "

그런데 내가 보낸 상당히 긴 문자에 대한 답으로 그 사람은 전화했었다. 나는 너무 당황해서 전화를 받지 못했었고 한참이나 핸드폰을 두 손으로 꽉 쥔 채로 가만히 있었다. 숨을 쉴 수가 없었다. 만약에 짝사랑이면 어떡하나 그런 생각들이 전부인 시절이었다. 그 사람에게 나는 말하고 싶었다. 나는 온종일 당신 생각만 하고 있다고……. 그런데 입안으로만 그 말들이 맴돌 뿐, 입 밖으로 나오지 않았었다.

" 죄송해요. 내일 제가 연락드릴게요. "

그렇게 문자를 써서 보내었다. 그러자 그 사람에게서 또 전화가 왔었다. 이번에는 핸드폰을 쥐고 있던 손이 너무 떨리어서 받을 수가 없었지만, 갑자기 기분이 좋아지기 시작했었다. 나는 아무 말 없이 떨려오는 손으로 그 사람의 전화를 받을 수밖에 없었다. 그 사람의 목소리가 들려오기 시작했었다.

" 저기 선배인데……. 어떤 부분이 이해되지 않는 거지?
내일 만나서 이야기할까? 전화로 말하기 그러면……."

그 사람은 말끝을 흐렸고 혹시나 전화가 끊길까 봐 나는 심장이 두 근 반 세 근 반으로 뛰기 시작했었다. 너무 긴장한 나머지 얼굴이 붉게 달아오르는 것이 느껴졌었다.

" 내일 수업 끝나고 저녁 즈음에 만날까요?
학교 앞 카페는 어때요? "

내가 그렇게 이야기하자, 그 사람은 이렇게 대답해 주었다.

" 좋아! 그럼 오후 네시 즈음에 볼까? "

나는 그 말을 듣고 나니까 심장이 딱 멎는 것만 같아서 대답을 못 하고 있었다. 그러고 나서 급하게 전화를 끊고 말았었다. 내가 전화를 끊어버린 것에 대해서 너무나 후회되었다. 그래서 서둘러서 짧은 문자를 보내었다.

" 네. 좋아요. "

사실, 그날 오후 네시에는 전공 수업이 있었지만 아프다고 핑계를 대고 그 사람을 만나야겠다고 생각했었다. 자려고 침대에 누웠는데도 잠은 오질 않았었고 한 손에 핸드폰만 꼭 쥐고 있었다. 내일 오전에는 수업이 없었고 오후에는 교양 수업이 있었고 전공 수업이 이어서 있었지만, 나에게는 그 사람과의 만남이 더욱 중요했었던 시절이었다. 조용한 방안에 핸드폰이 울리면서 문자 한 통이 왔었다.

" 야! 너 자니? 그 선배 여자친구 없데. 내가 알아냈어. 잘해봐! "

난 또 그 사람인 줄 알고 놀라서 숨을 깊이 몰아쉬면서 문자를 읽어보았었는데 내 가장 친한 친구의 문자였던 것이었다. 역시, 내 친구였었다. 그 친구의 정보는 나를 대단히 들뜨게 하였었다. 밤새 이리 뒤척 저리 뒤척거리면서 새벽녘이 다 되어서야 잠이 들었고 조금 잔 다음에, 학교에 가기 위해서 나는 일어나서 나갈 준비를 하기 시작했었다.

다른 날보다 몸은 조금 더 피곤했었지만, 마음은 날아갈 것만 같았었다. 나가기 전에 내 침대에 앉아서 핸드폰을 자세히 살펴보니 그 사람에게서 문자가 와 있었다.

" 그래. 그때 보자! "

그것도 새벽 다섯시 즈음에 와 있었던 문자였었다. 나는 학교에 일찍 도착해서 우리 과 친구들이 잘 가지 않는 공원 의자에 앉아 있었다. 한참이나 멍하니 앉아 있다가 나는 천천히 걸어서 학교 앞 카페로 들어갔었다. 지금은 오전 열시 삼십분인데 그 사람이 올 리가 없다고 생각했었다. 그런데 그 사람이 카페 앞에서 나를 보고 있었다. 그 사람과 내 눈이 마주쳤었고 그 사람은 나에게 손짓으로 인사를 하더니 카페 안으로 들어오고 있었다. 그 사람은 내가 앉아있는 자리로 천천히 걸어와서는 고개를 살짝 숙인 채 내 앞에 있는 의자에 앉았었다.

" 오늘은 내가 살게. 뭐 마실래? 커피? 카페라테 마실래? "

그 사람이 나에게 말을 걸어왔었다.

" 사실, 오늘 수업이 없거든. 일찍 카페에 왔네.
너도 수업이 없는 거야? "

나는 그 사람의 목소리가 너무 좋아서 빙긋이 웃으면서 대답했었다.

" 네. 저도 수업이 없어서요.
카페에서 음악이나 들으면서 공부나 조금 하려고 했어요. "

그 사람은 서둘러서 커피를 주문했었고 이어서 전화를 받더니 나에게 가까이 다가와서는 또다시 이야기했었다.

" 친구를 잠깐 만나야 할 거 같아. 미안. 이따 오후에 보자."

나는 아무 말 없이 그 사람의 얼굴을 빤히 보고 있었다. 그리고 그 사람은 커피를 가져다주고는 곧 카페를 나가버렸었다. 나는 순간, 그 사람을 보면서 따라가 볼까 하는 생각을 했었다. 그런데 곧 그만두기로 결정을 내렸었다. 역시, 그 사람과 가까워지는 것은 쉬운 일이 아니었다. 그 사람이 카페 밖에서 나에게 손을 흔들었고 나도 모르게 그 사람을 향해 손을 흔들었다.

04 그 사람의 편지

너에게

너에게 문자를 받고 나서 그 문자를 몇 번이나 읽어보았는지 모르겠어. 그리곤 잠이 오질 않더라고……. 그래서 침대에 누워서 너의 모습들을 생각하면서 새벽 시간까지 보내게 되었어. 네가 내 생각을 많이 해줄까 하는 생각이 들더라. 너는 내 전화를 받으면 어떤 기분이 드는지 궁금하기도 하고……. 여하튼 여러 생각들이 뒤죽박죽되어서 머릿속을 헤집어 놓더라고……..

오늘도 너의 모습을 보았는데 심장이 뛰는 거 같았어. 약간 긴장이 되면서 너에게 무슨 말을 해야 할까 하는 사이에 너의 눈빛이랑 딱 마주친 거야. 나도 모르게 너에게 다가가고 있었어. 아무래도 사랑이 다시 시작되려고 하는 거 같다는 생각이 들었어. 너는 어때? 너도 내 마음처럼 그런 거지? 사랑은 짝사랑도 있지만, 대부분의 사랑은 혼자서 할 수는 없으니까 말이야.

너에게 무슨 말이라도 평범하게 하고 싶었어. 아무런 목적도 없고 따스하게 너를 감싸주는 그런 말을 한번 해보고 싶었는데 잘했는지는 모르겠어. 내가 사준 카페라테는 맛있었니? 이렇게 평범한 말들이 얼마나 나에게 위로가 되는지 너는 모를 거야. 내가 사는 세계의 사람들은 너하고 하는 이야기들처럼 그런 말 들을 거의 하지 않거든. 사업에 관해서 이야기하거나 그것도 아니라면 두 사람의 이익을 위해서만 이야기를 하곤 해. 보통은 그렇게 대화를 하고 있어. 나는 그런 대화에 너무 많이 지쳐 있었고 평범한 대학에

진학해서 남들처럼 지내고 싶었어.

그런데 내 첫 번째 사랑은 어쩔 수 없이 끝이 나 버렸었고 이번에는 만약에 진지한 사랑이 시작된다면 모든 사람에게 비밀 같은 그런 연애를 하고 싶었어. 그래야 오랜 시간 동안 너를 만날 수 있을 거 같기도 하고 너에게 교통사고 같은 충격적인 일들이 생기지 않을 거 같아서……. 어쩔 수 없는 거 같아. 나도 지금 당장 너에게 고백을 하고 싶은데……. 혹시나, 이번에도 안 좋은 일들이 일어날까 봐서, 걱정이 많이 되는 거야. 그래서 고백할 수 있는 용기가 생겨나지 않는 거 같아. 그렇다고 널 생각하지 않는 것은 아니야. 난 요새, 늘 네 생각을 많이 하곤 해. 널 볼 때면 너와 함께 다니고 싶다는 생각도 너무 많이 하고 있어.

너는 내 생각을 얼마나 자주 해? 그 말은 꼭 물어보고 싶었어.

너를 사랑하는 선배로부터

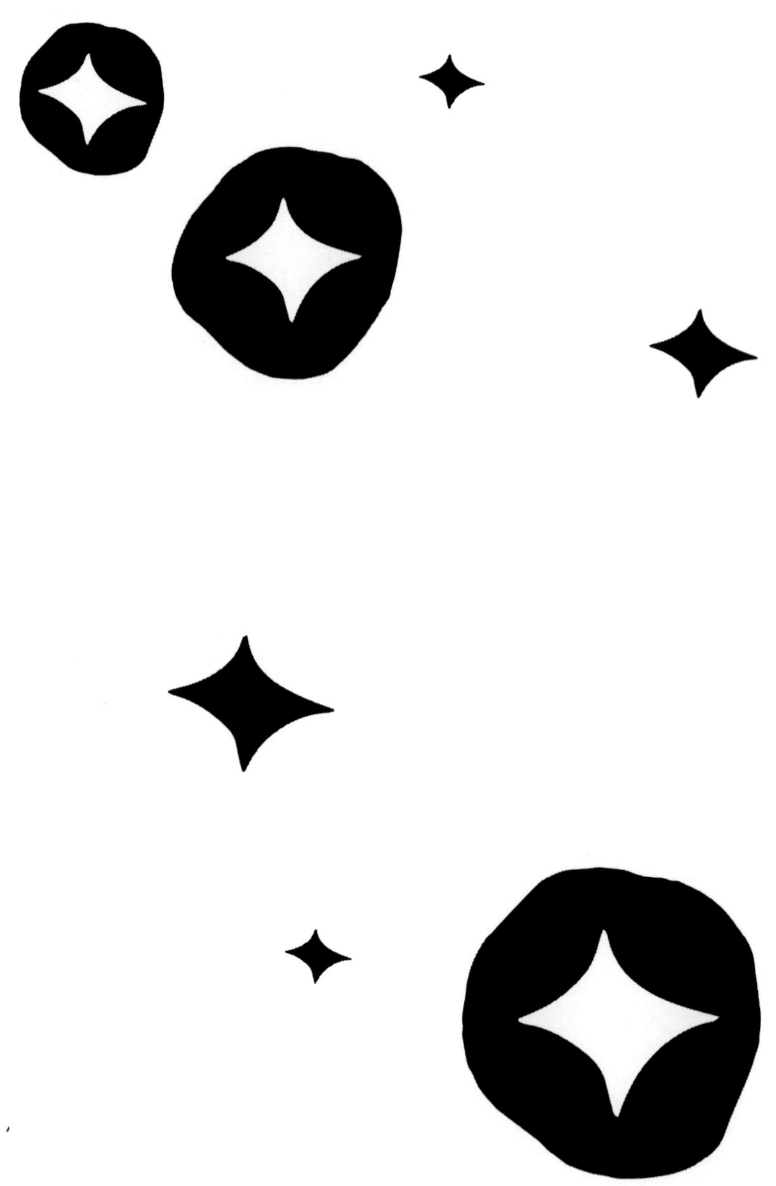

제5화

나의 마음

Gabriel의 손그림 다이어리

사귀자는
말은 없었다.

그냥
내가 먼저
좋아했다

그냥, 내가 먼저 좋아했다.

Gabriel의
손그림 다이어리

우리
친구 할까?

Gabriel의
손그림 다이어리

정말?
친구도 괜찮아.

Gabriel의 손그림 다이어리

젊었던
시간들이 그립다.

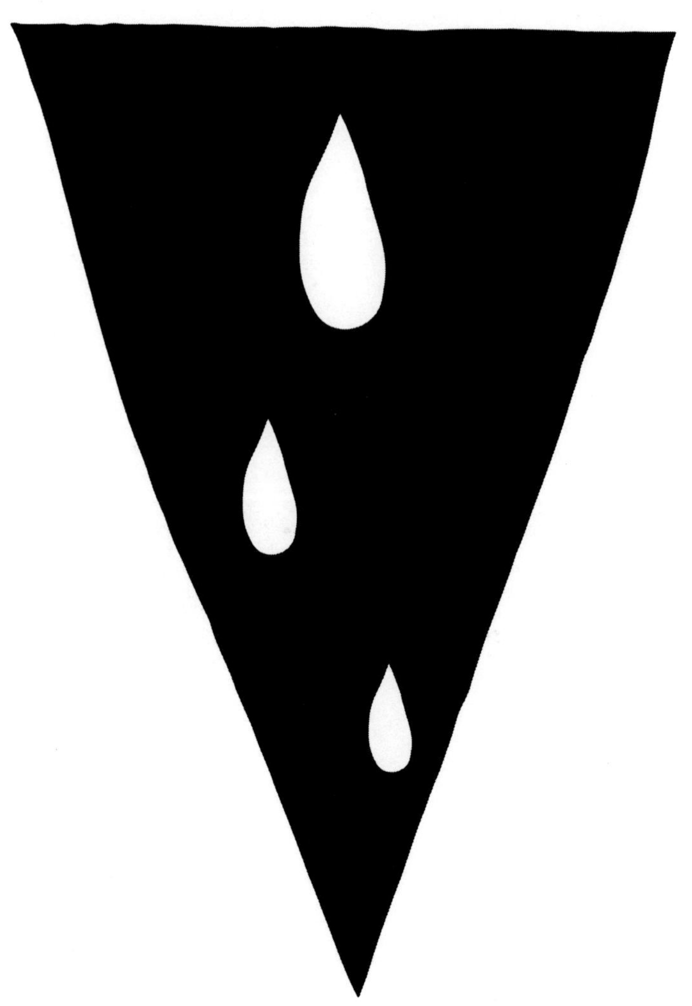

05 나의 에세이

그 사람과 나는 그렇게 수업 외에 가끔 연락하는 사이가 되었다. 나는 그 사람에게 내 마음을 들키지 않으려고 생각보다 애를 썼었다. 그런데 우리 과에 이상한 소문이 돌고 있었다. 그 사람이 나를 사랑하는 거 같다는 소문이었다. 우리 과 친구들이 몰려 앉아서 나와 그 사람에 관한 이야기를 하는 모습을 본 적도 있었다. 한 번은 그 친구들이 나에게 찾아와서는 너무 궁금하다는 표정으로 물었었다.

" 저기! 너랑 친한 선배 말이야! 너하고 혹시, 사귀는 거야?
너를 보는 눈빛이 이상해. 너도 알고 있는 거지? "

나는 아무 말 없이 멍한 채, 우리 과 친구들의 말을 듣고 있었다. 처음 말을 시작한 그 친구는 또 이야기를 이어나갔었다.

" 아무래도 그 선배가 너를 사랑하는 거 같아.
다들 그렇게 이야기하고 있어. 너는 어때?
왜 아무 말이 없는 거니? 너도 참 이상하다. "

나는 그 당시에 그 친구를 보면서 한 대 패주고 싶었다. 그런데 그 이야기를 들으면서 나는 그 친구의 두 눈을 보지 못한 채, 대답해 주었다.

" 사귀기는……. 누가 그런 소리 하는 거야! "

나는 약간 화가 난 목소리로 이야기했었고 그 친구를 곁눈으로 보고 있으니까 당황한 표정으로 내 얼굴을 보면서 또 대답했었다. 아주 궁금해서 죽을 거 같다는 표정을 짓고 있었다.

" 아니, 화를 내고 그래? 안 사귀는 거야?
그럼 뭐 친구, 이런 사이인 거니? "

나는 깊은 한숨을 내쉬면서 그 친구에게 대답했었다.

" 친구 사이 아니거든. 그냥, 가깝게 지내는 선후배 사이야.
아니면, 선배가 나를 그냥 여동생처럼 생각하는 거겠지.
쓸데없는 소리 하지 마. 나 이 학교 졸업할 거거든.
그런 소리 해서 나 학교 다니는 거 힘들게 하지 마. "

나는 또다시 심장이 조여오면서 딱딱해지는 것을 느낄 수 있었다. 그때였었다. 그 사람으로부터 전화가 왔었다.

" 야! 너 전화는 왜 받냐? 그 선배지? 너 내 눈은 못 속이거든. "

우리 과 친구들 중 또 다른 한 명은 그렇게 이야기하고는 뒤돌아서서 가버렸었다. 핸드폰 벨 소리는 생각보다 오랫동안 울려왔었다. 당황스러웠던 나는 핸드폰 전원을 꺼버리고 말았었다. 오늘 수업은 빠지면 안 되는데 하는 생각이 떠올랐었다. 그런데 나도 모르게 일어나서 학교 앞 카페로 향하고 있었다. 그 카페로 들어가서 핸드폰 전원을 켠 다음에 문자를 보냈었다. 뭐 때문인지 화가 치밀어 오르기 시작했었다. 우리 과는 문제가 많은 과였었다. 누구랑 사귀느냐 뭐 때문에 헤어진 거냐 하면서 우리 과 친구들도 말이 많았었지만, 전공 교수님들에게도 그 소문 같지 않은 소문이 돌면서 학점이랑 연결고리가 되어 매우 부정적인 부메랑처럼 되돌아오기도 했었다.

지금 생각해 보면 전공 교수님들이 그렇게 하시는 것도 맞는 거 같다는 생각이 들기도 했다. 그 당시의 나는 생각보다 학점에 신경을 많이 쓰는 편이었고 그런 소문이 우리 과를 떠돌아다니게 하고 싶지는 않았었다. 그래서 우리 과에서 말이 많은 친구들에게 문자를 보내었다.

" 지금 학교 앞 카페거든. 할 말 있으니까. 당장 올 수 없는 거니? "

그렇게 문자라도 보내고 나니까 속이 후련했었다. 나도 그 사람과 사귀면서 학교에 다니고 싶었다. 좋은 친구이면서 때로는 연인으로 또 어떤 날은 아주 가까운 선후배 사이로 그렇게 남고 싶었다. 그리고 다들 그렇게 좋은 쪽으로만 봐주었으면 좋겠다는 생각뿐이었다. 물론, 전공 교수님들은 깊은 연애를 하면서 우리 과 수업을 병행하는 거는 힘들 거라고 이야기해 주실 테지만, 그래도 뭐 그 사람이 나에게 가까운 친구라도 좋으니까 사귀자는 말을 해준다면 나는 뭐든 감수할 생각이었다.

내가 보낸 문자에 친구들은 찾아왔었고 내 눈치를 보면서 비어 있는 자리에 앉기 시작했었다. 원래 내 성질 같으면 한바탕 소리를 지르고 싶었었다. 그런데 참기로 했었다. 나도 이젠 성인이었고 그 사람과 나와 사랑하는 사이라는 소문이 사귀기도 전에 퍼지는 것을 원치 않았기 때문이었다. 우리 과 친구들은 서로 눈치를 보면서 나에게 말을 걸어오기 시작했었다.

" 아니, 그냥 궁금해서 그래.
그 선배 너만 지나가면 빤히 쳐다보고 있는 거
너는 알고 있는 거니? "

" 그래. 맞아! 저번에 들으니까.
그 선배가 그러던데 새벽에 문자 주고받는다고 그랬다더라.
정말이야? "

" 그리고 그 선배 되게 잘 생기지 않았어?
너랑 잘 어울리기는 거 같긴 한데……. "

나는 숨을 곱게 쉴 수가 없었고 이 이야기들을 들으면서 또다시 심장이 딱딱해져 오는 것을 느낄 수 있었다. 그리고 나는 바로 대답했었다.

" 선배랑 나 그냥 친한 친구 사이일 뿐이야.
사귀자는 단어는 생각해 본 적도 없어. "

그 말은 거짓말이었다. 나는 그 사람과 너무나 사귀고 싶은 마음뿐이었고 매일매일을 같이 보내고 싶은 사이가 되고 싶었었다.

" 아니! 그냥 사귀는 거 말고,
우리 말은 그 선배가 너를 사랑하는 거 같다는 거야! "

" 너도 그런 거 정도는 알고 있는 줄 알았는데…….
아니었어? 눈을 보면 모르겠니? "

나는 짧게 숨을 내뱉은 다음에 이야기해 주었었다.

" 나도 알고 있거든. 그 선배 눈빛이 예사롭지 않다는 거.
그러면 뭐 어쩔 건데?
내가 먼저 친구 하자고 그렇게 이야기라도 해야 하는 거니? "

우리 과 친구들은 가만히 듣고 있었다. 나는 화가 나서 그 자리에서 일어나서 카페 주인아저씨에게 차가운 아메리카노를 주문한 다음에 한잔 받아서 나와 버렸었다. 그 카페 유리창을 통해서 그 친구들을 다시 돌아다보니, 무슨 대화를 하는지 친구들끼리 이야기하고 있었다.

사실, 내 마음은 이미 그 사람으로 가득 차 있었다. 친구라도 좋았고 더 친해져서 연인이 되면 얼마나 좋을까 하는 생각뿐이었다. 우리 과 친구들은 눈치가 너무 빨랐었고 내가 가벼운 화를 내면서 나왔으니 곧 과에 소문이 퍼져나갈 것이 뻔했었다. 그 사람도 곧 알게 되겠지 하는 생각이 들었다.

그 사람이 나에게 고백을 먼저 해주면 얼마나 좋을까 하는 생각을 했었다. 차가운 아메리카노를 한 모금 마시고 나니까 속이 시원해지면서 화가 가라앉는 느낌이 들었었다. 그런데 또 그 사람에게서 문자가 왔었다.

" 너 지금 어디니? 나랑 점심 먹을래? "

또 짧은 한숨이 나도 모르게 밀려 나왔었고 그 사람에게 문자를 보내었다.

" 선배님! 우리 친구 하면 안 될까요? 선후배 말고요. "

곧 그 사람으로부터 전화가 왔었다. 나는 떨리는 손으로 전화를 받았었고 그 사람의 목소리가 울려 퍼지고 있었다.

" 우리 친구 아니었니? 선후배 사이도 친구인 거야. "

나는 당황해서 전화를 끊어버렸었고 그 사람에게 또다시 문자를 보내었다.

" 선배님 말이 맞는 거 같아요. 점심은 어디서 먹을 건데요? "

그런데 그 사람에게서 바로 답이 오질 않았었다. 그래서 나는 학교 방향으로 빠르게 걸어갔었다. 그때였었다. 그 사람이 내 팔을 꽉 잡았었다.

" 학생 식당에서 먹을까? "

그렇게 빙긋이 웃으면서 그 사람은 나에게 대답해 주었다.

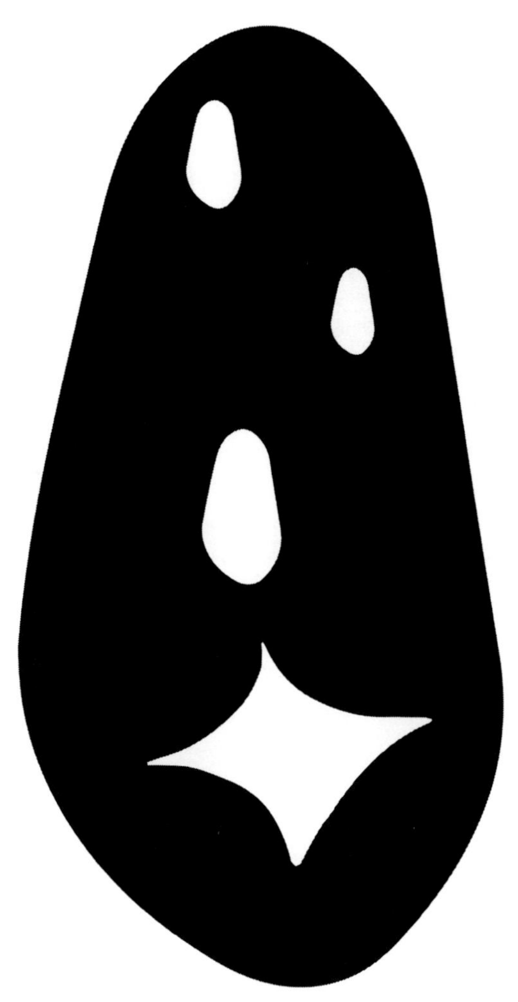

05 그 사람의 편지

너에게

왜 내가 너에게 새벽에 연락을 자주 하는지 너는 아마도 모르겠지……. 누가 우리 사이를 눈치를 챌까 봐 두려워서 그런 것도 있어. 나는 너에게 고백을 너무 하고 싶은데 뭐라고 해야 할지를 모르겠어. 지난번 연애 때처럼 그냥, 고백했다가는 우리 세계에 사는 많은 사람들로부터 네가 괴롭힘을 많이 당할 거 같아서……. 전화하는 것도, 문자를 보내는 것도, 사실, 마음에 많이 부담되었거든.

나도 우리 과에 이상한 소문이 돌고 있다는 것도 잘 알고 있어. 그런데도 네가 잘 기다려 주는 거 같아서 정말 다행이다 싶은 거야. 그런데 오늘은 네가 이상한 말을 하더라. 친구 하자는 둥, 사귀자는 둥, 그런 말을 하지 않고 우리 편하게 만나면 안 될까? 내 말이 이상하게 들릴 거라는 것도 잘 알고 있고……. 뭐 이런 선배가 다 있나 그런 생각이 들 거 같다는 생각도 많이 하고 있어. 하지만 너는 모를 거야. 평범하게 살아간다는 것이 얼마나 큰 축복인지……. 그 사실을 내가 말하지 않아도 네가 잘 알아줬으면 좋겠어.

물론, 너와 나의 사이가 점점 가까워지면서 사귀는 모습같이 보인다는 것도 어쩔 수 없는 일이 되겠지만, 중요한 사실은 내가 널 정말 깊이 좋아하고 있다는 거야. 내가 지금 이 편지를 쓰는 이유도 너에게 조심스럽게 고백하고 싶어서 그런 거야. 언제쯤 전해줄 수 있을지는 모르겠지만 네 생각을 정말 많이 하고 있어. 내가 학교를 옮기면 우리 과에 돌던 이상한 소문들도 한순간에 사라지게 될 거야. 네가 그런 이상한 소문에 신경 쓰지 않았으면 좋겠어.

결혼을 꼭 해야 하나 그런 생각도 요즈음에는 많이 하고 있어. 결혼을 전제로 하지 않고 너랑 깊이 사귀고 싶은데, 내가 나이가 있으니까……. 그렇게 말하는 것도 예의가 아닌 것 같다는 생각도 들었고……. 너를 생각한다면 그냥, 고백 없이 내가 떠나주는 게 너에게 가장 큰 선물을 하는 게 아닌가 하는 생각도 들었어. 몇 년 전부터 아니 오래전부터 나랑 약혼하자는 집안이 있었거든. 솔직히, 우리 집이 그렇게 잘 사는 집은 아니야. 그런데 어머니가 일찍 돌아가셨는데……. 나에게 남겨주신 재산이 상당하거든. 그 재산 때문인지는 몰라도 여기저기서 탐내는 집안들이 있는 거 같아. 나는 그런 약혼이나 결혼이 싫거든. 너와 평범하게 사귀고 아이를 낳고 행복하게 살 수 있으면 얼마나 좋을까? 너도 그렇게 생각하지 않아?

너를 사랑하는 선배로부터

제6화

뒷모습

Gabriel의
손그림 다이어리

난, 늘 혼자였었다.

Gabriel의
손그림 다이어리

가슴 아픈 사랑이었다.

Gabriel의
손그림 다이어리

혼자,
살아갈 수 있을까?

Gabriel의
손그림 다이어리
그땐
고백이
뭔지
몰랐었다

그땐 고백이
뭔지 몰랐었다.

Gabriel의 손그림 다이어리

우리 소풍 갈래?

06 나의 에세이

한밤중에 불어오는 알 수 없는 바람처럼 우리 과에는 나와 그 사람에 관한 소문이 조금씩 퍼져나가고 있었다. 그리고 우리 과 교수님들도 다 알게 된 거 같았었다. 그래도 우리는 처음과 똑같이 이야기했었다. 서로 고백을 한 사이가 전혀, 아니었기에 사귀는 사이는 아니라고 이야기해 주었다.

나는 그 사람과 같은 수업을 들으면서 제법 친해진 뒤로도 나는 그 사람의 뒷자리에 앉으려고 노력했었고 뭐 가끔은 옆자리에 앉기도 했었다. 그 사람의 뒷모습이나 옆모습 모두 쓸쓸해 보이면서도 너무나 외로워 보였었다. 나의 마음이라는 공간 안에 그 사람이 들어와 주었으면 얼마나 좋을까 하는 생각을 그 시절에는 대단히 많이 했었다. 그 사람의 움직이는 모습에 나의 눈이 저절로 따라 움직이는 걸 나도 막을 길이 없었다.

그 사람의 뒷자리에 앉는 날에는 수업보다는 그 사람의 뒷모습에 집중해서 그 사람을 바라보곤 했었다. 그런 날에는 친구들에게도 수업을 진행하시는 교수님에게도 그 사람에 대한 나의 감정을 숨길 수 있어서 그 부분이 참 좋았었다. 그 시절에 나의 마음을 생각해 보면 그 사람이 서둘러서 고백해 주기를 얼마나 기다렸는지……. 내 주위에서는 아무도 몰랐었다.

어느 날인가 학교 매점에서 그 사람의 지갑을 본 적이 있었는데 옷은 그렇지 않았지만, 지갑은 엄청나게 낡아 보였었다. 옷 입고 다니는 모습을 보면 집안이 좀 잘 사는 그런 집같이 느껴졌었고 우리 집처럼 노동자 집안사람은 아닌 거 같았었다.

우리 집은 생각보다 가난했었고 하루 벌어서 하루하루를 살아가는 그런 집이었다. 그래서 그 당시의 나는 사실, 그 문제에 있어서 생각보다 기가 죽어 있었고 그 사람을 만나기 전까지 누군가를 사귀어 봐야겠다는 그런 생각을 해본 적이 없었다. 그 사람은 좋은 사람 같아 보였었고 내가 그런 집안의 출신이어도 나를 많이 이해해 줄 것만 같았었다. 그래도 혹시나 하는 마음에 그 사람이 내가 마음에 들어도 나 같은 노동자 집안사람을 많이 싫어하면 어떡하나 하는 생각으로 지낼 때가 많이 있었다.

한 번은 그 사람이 완전히 멋을 부리면서 양복에 고급 외투를 차려입고 온 적이 있었다. 그 모습에 나는 사실, 완전히 반해 버렸었고 그 사람이 더욱더 좋아지기 시작했었다. 그날에 그 사람의 모습은 너무나 잘생겨 보였었고 예의가 반듯한 새하얀 청년같이 느껴졌었다. 그리고 지갑을 꺼내는 모습을 보았었는데 다 낡아빠진 지갑에서 지폐 몇 장을 꺼내 들면서 물건값을 계산하고 있었다. 그래서 나는 그 사람에게 지갑이라도 하나 선물해야겠다고 생각했었다. 물론, 돈이 많아 보이는 그 사람의 집안 수준에 맞추지는 못하겠지만 나름대로 깨끗하고 단순해 보이는 그런 디자인의 지갑이면 그 사람도 좋아해 주지 않을까 하는 생각을 하게 되었다.

날이 화창한 어느 날, 나는 혼자서 버스를 타고 얼마 남지 않은 용돈을 계산해 보면서 백화점으로 향했었다. 그 당시의 나는 너무나 평범한 대학생이었고 용돈도 부모님에게 한 달에 얼마씩 고정적으로 보내주셔서 받아쓰고 있었다. 버스는 곧 나에게 백화점으로 데려다주었고 백화점 1층에 있는 구두와 잡화를 판매하고 있는 곳으로 나는 향했었다. 도착해 보니 마침 할인 판매를 진행하고 있었다.

그 사람의 지갑은 검은색이긴 했지만 다 낡아서 하얗게 너덜너덜한 지갑이었고 나는 그 지갑을 대신할 수 있는 지갑을 선물하고 싶었다. 처음에는 그 지갑을 계속 쓰길래 무슨 사연이 있는 줄 알았었는데 그 사람이 하는 이야기를 들어보니 시간이 없어서, 그냥 지갑 사는 게 너무나 귀찮아서, 쓰고 있다는 거였었다. 내가 선물할 지갑도 곧 그렇게 되겠지 하는 생각이 들었지만, 왠지 오랫동안 사용해 줄 것만 같아서 기분이 좋기도 했었다.

그래서 나는 고민 끝에 갈색의 중 지갑으로 선택을 했었고 예쁘게 포장을 한 지갑 선물을 언제 줄지 고민하게 되었다. 백화점을 나와서 학교로 가는 버스를 기다리고 있는 내내 그 사림에게 줄, 지갑 선물을 만지작거렸었다. 늦가을 이어서 추워지고는 있었지만, 선물을 주면서 소풍 가자고 해볼까 하는 생각이 떠올랐었다. 그리고 그 사람에게 줄 지갑 안에 내 사진 한 장을 넣어서 주면 어떨까 하는 생각도 들었지만 이내 그 마음은 포기하기로 했었다. 그 사람이 아직 나에게 작은 고백이라도 한 적도 없었고 데이트 신청도 한 적이 없었기 때문이었다. 그냥 자주 연락하는 선후배 사이일 뿐이어서, 내 마음이 얼마나 속상했었는지 아무도 모를 것이다. 그런 생각들을 하면서 그 사람에게 문자를 보내었다.

" 선배! 전데요.
오늘 저녁 일곱시 즈음에
학교 앞 카페에서 만나는 건 어때요? "

그런데 곧 그 사람에게서 문자로 답이 도착했었다.

" 좋아! 같이 저녁도 먹고 그러자! 배고플 시간이네. "

나는 기분이 날아갈 듯이 좋았었다. 꼭 첫 데이트 신청을 받은 듯한 느낌이었다. 그 사람이 나를 점점 더 좋아해 주는 듯한 느낌도 들었다. 물론, 고백은 아직 못 받았지만 얼마 뒤에는 내가 고백을 하든, 그 사람이 고백하든, 무슨 일이 생길 것만 같았었다. 학교로 향하는 버스를 타고 있는 동안에 그 사람에게 전해 줄 지갑 선물을 한참이나 쳐다보았었고 오후 수업이 끝나자 곧 어두워지기 시작했었다. 나는 일찍 학교 앞 카페로 향했었다. 밥은 먹지 않았었고 그 사람을 기다리면서 차가운 아메리카노를 한 잔 마시고 있을 뿐이었다. 그런데 카페 유리창 너머로 그 사람의 모습이 보이기 시작했었다. 분명, 그 사람이었다. 그 사람은 고급 승용차에서 내렸었고 고개 숙이면서 인사를 마치더니, 곧 학교 교문으로 향해가고 있었다. 그러다가 다시, 학교 앞 카페 쪽으로 천천히 걸어오기 시작했었다. 나는 그런 그 사람의 모습을 계속 보고만 있었고 가방에 든 비밀 선물을 손으로 계속 만지작거렸었다. 차가운 아메리카노는 약간 긴장된 나의 마음을 진정시켜주는 거 같았었다. 카페 유리창으로 계속 내다보니 그 사람이 나에게 이제는 손을 흔들고 있었고 나도 그 사람에게 손을 흔들었다. 내 핸드폰이 문자가 왔다는 소리를 내었고 나는 곧 그 문자를 읽었었다.

" 샌드위치 먹을래? 내가 사 갈게. "

나는 곧 문자로 대답했었다.

" 좋아요. 저는 참치 샌드위치 먹을래요. "

한 십여 분쯤 지나서 그 사람이 들어왔었고 그 사람은 내 앞자리에 앉았었다.

" 언제 왔니? "

그 사람이 나에게 다정하게 물이왔었다.

" 한 삼십 분 전 즈음에요. 배고프네요. "

그 사람과 나는 샌드위치를 빠르게 먹었고 나는 샌드위치를 다 먹기도 전에 그 사람에게 선물을 내밀었다. 그 사람은 약간 표정이 딱딱해 보였었고 내 선물을 뜯어보기도 전에 대답했었다.

" 괜찮아! 무슨 선물인지는 모르겠는데.
내가 사면 되니까. 가서 환불해. "

그 사람은 나의 성의를 너무 무시하는 거 같아서 서운했었다. 그런데 나도 모르게 강하게 이야기하고 말았었다.

" 선배님! 이거 지갑이거든요. 비싼 것도 아니에요.
그리고 할인해서 구매했어요."

그러자 그 사람은 짧은 한숨을 내뱉으면서, 곧 그 선물의 포장을 뜯어보았었고 자기 가방 안에 내가 선물해 준 지갑을 넣었다. 나는 마음이 너무나 흐뭇했었다. 그 사람이 내 고백을 받아준 것만 같았기 때문이었다. 그 사람은 나의 눈을 보더니 곧 이야기를 이어나갔었다.

" 내일 우리 수업 없지? 요새 약간 춥긴 하지만,
소풍이라도 갈래? "

06 그 사람의 편지

너에게

요즘 들어 네 모습을 볼 때면 너에게 좋아한다고 고백을 해야 하나 그런 생각을 많이 하곤 해. 그런데 막상, 너를 보면 너무 망설여지게 되더라. 네 행복한 시간을 어쩌면 나 때문에 망칠 수도 있겠다는 생각이 들어서 말이야. 그래도 네 생각을 하면 많이 행복한 것은 사실이야.

너와 함께 듣는 수업 시간이 얼마나 기다려지는지 너는 모를 거야. 너도 나처럼 그렇게 그 수업 시간이 기다려지지 않니? 네가 기다려 주면 얼마나 좋을까 하는 생각도 너무 많이 하고 있어.

내가 너에게 선물을 받고 싶어서 그 오래된 지갑을 쓰고 있는 건 아니었거든. 그냥, 정말 쇼핑하는 것이 귀찮다고 해야 할까? 나는 가끔 필요한 물건을 사러 가긴 하는데 지갑 사는 것을 그냥 잊어버리게 되더라고……. 너에게 그 작은 지갑을 선물받았을 때 사실, 기분이 너무 좋았거든. 너도 내 선물을 준비하면서 기분이 좋았을까 하는 생각이 들었는데……. 너에게 그 지갑 선물이 금전적으로 부담이 되면 어떡하나 하는 생각이 스쳐 지나가더라고……. 그래서 선물은 너무 좋은데, 받을 때 내 마음이 매우 불편했었어. 조금이라도 어떤 일이라도 너에게 부담이 되는 것은 원치 않았거든.

아버지가 나에게 서둘러서 약혼해야 한다고 말씀하셨는데 그때, 네 생각이 많이 나서 머뭇거리다가 대답을 못 하고 말았어. 아버지가 왜 그러냐고 물으시더라. 좋아하는 여자가 있냐고 물으셨는데 그 말에도 나는 아무 말도 하지 못했었어. 아버지께서 너무 답답해하시는 거 같아서 내가 나중에 생각해 보고 말씀드리겠다고 이야기했거든. 너는 어떻게 생각해? 나하고 깊이 사귈 수 있을까?

그래서 내가 너의 집안과 네가 어떻게 지내고 있는지 조금 알아보았는데, 우리 세계에 사는 사람들과는 조금은 맞지 않더라고……. 그래도 나는 상관이 없거든. 우리 둘의 마음이 중요한 거니까 말이야. 혹시나 내 주변에 있는 사람들이 너에게 해코지할까 봐서, 그 부분이 너무 마음에 걸리더라고……. 그런 것만 아니면 나는 너하고 깊이 한번 사귀어 보고 싶어. 네 생각은 어떠니?

너를 사랑하는 선배로부터

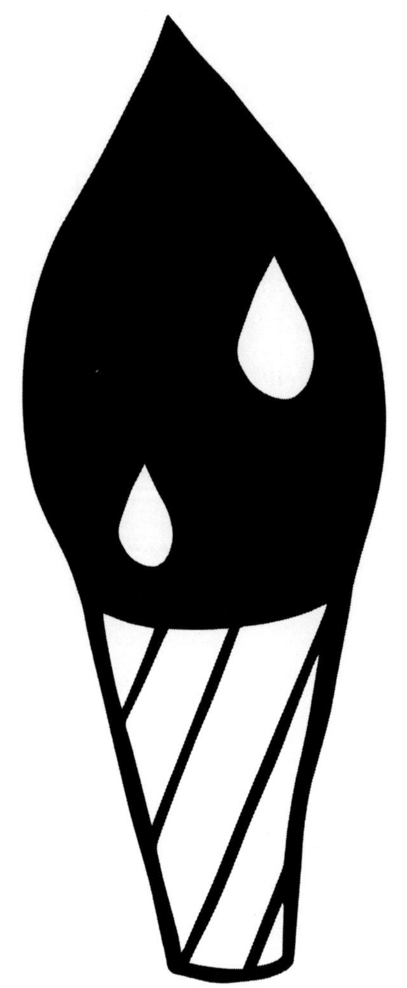

제7화

핸드폰

Gabriel의
손그림 다이어리

난 기다림이 지루했었다.

Gabriel의
손그림 다이어리

그리고 나는
너무나 평범했다.

Gabriel의
손그림 다이어리

난 너에게 도움이 되고 싶었어……

Gabriel의
손그림 다이어리
그저

그저, 가끔 문자가
올 뿐이었다.

내가 찾아가도 될까?
Gabriel의 손그림 다이어리

내가
찾아가도 될까?

07 나의 에세이

그 사람이 가까운 곳에 소풍하러 가자고 했었지만 나는 마음이 너무 떨려와서 대답을 못 했었고 그날 저녁의 짧은 만남 이후에 집에 돌아와서 한참이나 고민한 다음에 문자로 답을 보내었다.

" 좋은데요. 도시락은 제가 준비할게요. "

그런데 그 사람으로부터 곧 답이 오질 않았었다. 그래서 마음이 다급해지면서 내 가장 친한 친구에게 전화하고 말았었다.

" 저기! 선배가 그러는데 이렇게 추운데 소풍 가자고 하더라.
네 생각은 어때?
나는 간다고 대답은 하기는 했는데 답이 없네……."

내 가장 친한 친구는 내가 바보 같다고 이야기했었다. 그걸 말이라고 하는 거냐고 그 자리에서 대답해 줘야 한다는 식으로 말했었고 자기의 연애 경험으로 보면, 혹시 그 사람의 고백 방식이었는지도 모른다고까지 이야기하면서 상담해 주었다. 내 가장 친한 친구의 말을 들어보니 맞는 거 같았었다. 내가 선물까지 했었는데 그 사람이 단순히 답례로 소풍 가자고 할 리는 없었을 테니까 말이다. 나는 짧은 한숨을 내쉬면서 어떻게 해결하지, 하는 생각으로 가득했었다. 잠을 자려고 누웠는데도 잠은 오지 않았었고 그 사람에게 전화할까 아니면 문자를 다시 보내 볼까 하는 생각으로 이리 뒤척저리 뒤척거리면서 시간을 보내고 있었다.

그런데 핸드폰으로부터 문자가 도착했다는 소리가 들려왔었다. 시간을 보니, 새벽 두시였었다.

" 자는 거니? 내일 소풍은 가지 말자.
그 대신에 우리 도서관에서 공부나 할까? "

문자 내용이 이상했었다. 이 늦은 가을에 소풍 가자고 하더니, 이번에는 같이 공부하자고 하니까 내 생각들을 어떻게 수습해야 할지를 몰랐었다. 그 사람에게 다시 문자를 보내었다.

" 도서관에서 공부하는 것도 좋을 거 같아요.
그럼 오후 한 시 즈음에 도서관 앞에서 만나요. "

그 사람은 또 답이 없었다. 나는 너무나 답답했었다. 그 사람의 생활 방식이 새벽에 자고 늦게 일어나는 거 같아서 오후에 만나자고 한 건데 단숨에 거절당한 기분이 들어서 속이 상당히 상했었다. 그래서 그 사람에게 전화를 걸었었다. 신호는 계속 갔지만 받지 않았었고 다시 한번 전화를 걸게 되었다. 곧 나지막한 그 사람의 목소리가 들려왔었다.

" 어! 그래! 도서관 앞에서 보자! 점심은 어떻게 할 거니?
나랑 같이 먹을래?
그리고 지갑 좋더라. 고마워.
나는 사실, 쇼핑하는 걸 별로 좋아하지 않거든. "

그 사람은 상당히 길게 이야기했었고 나도 최대한 성의껏 대답해 주었다.

" 마음에 드신다고요? 다행이네요.
이제 주무세요. 저도 자려고요. 내일 뵐게요. "

" 그래! 잘 자! "

그리고 그 사람이 먼저 전화를 끊었다. 나는 잠을 깊이 잘 수가 없었고 그 사람에게 고백하고 싶어서 어떻게 해야 할지를 몰랐었다. 내가 먼저 고백을 하면 혹시나 그 사람이 나에게서 등을 돌릴까 봐, 그게 너무나 걱정이 되었다. 내 가장 친한 친구도 먼저 고백하지 말라고 귀띔해 주었다. 그래도 그날 새벽녘에, 나는 고백을 해야겠다고 생각을 했었고 짧은 문자로 그 사람에게 이야기하고 말았었다. 문자를 보내려고 했었는데 손이 얼마나 떨려왔었는지, 지금도 그 시절에 나의 모습을 잊을 수가 없다.

" 선배! 저……. 그러니까…….
우리 정식으로 사귀면 안 될까요? "

그 사람은 잠이 들었는지 내 문자에 대한 대답이 없었다. 나는 한숨도 자지 못했었고 아침을 맞이하였었다. 그냥, 아침이 되니까 눈물이 쉼 없이 흘러나왔었다. 그 사람이 나에게 거절한 거 같아서였었다. 그래도 나는 차가운 물로 세수를 하면서 도서관에 갈 준비를 하였었다. 혹시나, 그 사람이 나올 수도 있으니까, 나는 일찍 준비하고 나가려고 했었다.

밖에 나와보니, 바람이 생각보다 차가웠었고 눈이 내리고 있었다. 그 사람의 집이 어디 있는지 나는 알 수가 없었고 학교에서 만나자는 약속만 믿은 채, 학교로 가는 버스를 탔었다. 버스는 시끄러운 소리를 내면서 달리었고 나는 대답이 오지 않는 핸드폰을 쳐다만 보고 있었다.

그 사람이 혹시나 연락해 오지 않을까 싶어서 핸드폰을 나도 모르게 꽉 쥐게 되었다. 그런데 곧 배가 고파왔었다. 너무 이른 시간이어서, 버스에도 거리에도 사람들이 많이 보이지 않았었다. 그런데 버스 밖, 창밖에 내리는 눈이 너무도 아름다웠었다. 이 첫눈이 내리는 것처럼 그 사람에게서 연락이 왔으면 좋겠다고 생각했었다. 고백한 것에 대해서는 후회가 없었지만 나는 알 수 없는 그 사람의 행동이 이해되었다. 그 사람은 아무래도 내 집안 사정에 대해서 알아보았는지도 모른다는 생각이 잠깐 스쳐 지나갔었고, 그 사람은 누가 보아도 집안이 좋거나 부유해 보이는 그런 집안 출신의 사람이었으니까……. 나와는 잘 어울리는 사이가 아니라고 생각했었던 것은 사실이었다. 그래도 혹시나 하는 마음이 있었다. 그 사람은 착해 보였었고 내 작은 지갑 선물에도 고맙다고 이야기해 주었다. 그런데 그날, 그 사람은 나타나지 않았었다.

도서관 입구에서 내리는 눈을 보면서 얼마나 오랫동안 그 사람을 기다렸는지 모른다. 괜히, 고백했다는 생각이 너무 많이 들었다. 그래서 그 사람에게 문자를 다시 보내었다. 그런데 멀리서부터 타박거리는 소리가 들려왔었다. 눈은 내리고 있었지만, 함박눈은 아니어서 많이 쌓이지는 않았었다. 눈이 오는 사이로 그 사람이 보였었다. 그러고는 나에게 달려오고 있었다. 나는 너무 놀라서 핸드폰을 꽉 쥔 채로 그 사람이 뛰어오는 모습만을 보고 있을 뿐이었다.

" 내가 너무 늦었지?
집안일이 급하게 생겨서 해결하고 오느라고…….
우리 집이 조금 까다롭거든.
그리고 나……. 곧 아니야. 다음에 이야기할게. "

" 저기 선배! 문자 취소예요. 아무 말도 안 하셔도 돼요.
그냥, 이렇게 만나는 것만으로도 저는 좋거든요. "

선배는 아무 말 없이 내 손을 잡아주었다. 그리고 너무 꽉 쥐고 있었던 핸드폰도 내 손에서 빼내어 내 가방에 넣어주었고 내 두 눈을 보면서 이야기했었다.

" 난 그냥 널 도와주면 좋겠다는 생각뿐이었어.
너도 그렇지 않아?"

나는 왜요라고 크게 말하고 싶었다. 그런데 그 사람은 작은 목소리로 이야기를 이어나갔었다.

" 나는 그렇게 좋은 사람이 못돼.
생각보다 내 주변이 너무 힘든 상황이거든.
자세하게는 말을 못 하겠어.
너랑 만나는 것도…….
우리 집에서 알게 될까 봐, 걱정이고……."

나는 아무 말도 하지 않은 채, 눈물이 가득 고인 두 눈으로 그 사람을 보고만 있었다. 그리고 이내 울음을 터트리고 말았었다. 그 사람은 나에게 손수건을 건네주었고 나는 내 눈물을 닦아내었다.

" 울지 마! 마음 아프니까. "

선배는 내가 다 울 때까지 그렇게 서 있었다. 나는 한참이나 울었고 눈이 조금씩 더 많이 내리기 시작했었다. 그렇게 나에게 너무나 추운 겨울은 시작되었다.

07 그 사람의 편지

너에게

네가 나에게 선물해 준 지갑을 얼마나 오랫동안 보았었는지 너는 모를 거야. 이렇게 정성과 마음이 담긴 선물은 정말 오랜만에 받아보았거든. 아마도 아주 오랫동안 사용하게 될 거 같아. 고마워. 소중히 잘 쓸게.

네가 보낸 문자를 보면서 얼마나 놀랐는지 모르겠어. 정식으로 사귀었으면 나도 좋겠는데……. 내 주변 상황이 별로 좋지 않아서, 너에게 무슨 말을 해야 할지 모르겠더라고……. 너는 분명히 내 생각을 많이 하는 거 같은데……. 사실, 나도 네 생각을 엄청나게 많이 하고 있어. 네 생각을 하느라고 어떨 때는 일상생활을 제대로 못 할 때도 가끔 있거든. 잠도 잘 못 자기도 하고 입맛이 없어서 밥을 제대로 못 먹을 때도 있어. 너에게 이런 말을 일일이 이야기하면서, 얼마나 고백하고 싶은지 너는 모를 거야.

내가 쓰고 있는 이 편지도 너에게 언제 전해줄지 모르겠지만, 너에게 고백하고 싶은데 못하고 있는 내 마음이 너무 힘들어서 이렇게 편지를 쓰고 있는 거야. 아무래도 내 주변 사람들이 너를 힘들게 할 거 같아서 내가 다른 학교로 옮겨야 할 것만 같아. 너에게 우선 이야기하고 학교를 옮기는 것이 맞는 거 같긴 한데……. 아무 말 없이 떠나는 것도, 맞는 거 같다는 생각이 들더라고…….

겨울이 되려는지 요새 제법 추운 거 같아. 그렇지? 그런데 내가 뜬금없이 소풍 가자고 해서 미안해. 내가 제일 하고 싶은 일 중의 하나가 내가 깊이 좋아하는 사람과 함께 소풍 가는 거였거든. 너는 그런 소원은 없는 거니? 나는 너와 함께 하고 싶은 여러 가지 소원들이 있어. 같이 요리도 하고 싶고 가까운 곳에, 여행도 가보고 싶고 돌아가신 우리 어머니에게도 데려가고 싶어. 우리 어머니는 참 좋으신 분이셨거든. 아마도 살아계셨다면 너와도 잘해보라고 많이 응원해 주시고 지원해 주셨을 거 같아. 어머니가 돌아가시기 전에 나한테 이야기해 주셨거든……. 사랑하는 사람이 생기면 마음과 영혼을 담아서 그 사람을 지켜주라고 하셨는데…….

지금 내 마음이 그래. 너를 도와주고 싶고 지켜주고 싶고 너에게 무슨 일이라도 생길까 봐 걱정이 되기도 하고……. 너도 내 마음과 같지 않을까 하는 생각이 많이 들어. 다음부터는 그렇게 내 앞에서 울지 마. 너무 마음 아프니까…….

너를 사랑하는 선배로부터

제8화

눈꽃처럼

Gabriel의
손그림 다이어리
넌 꿈을 이룰 수 있을 거야

넌 꿈을
이룰 수 있을 거야.

Gabriel의
손그림 다이어리

힘든 일도
아프지 않고 지나갈 거야.

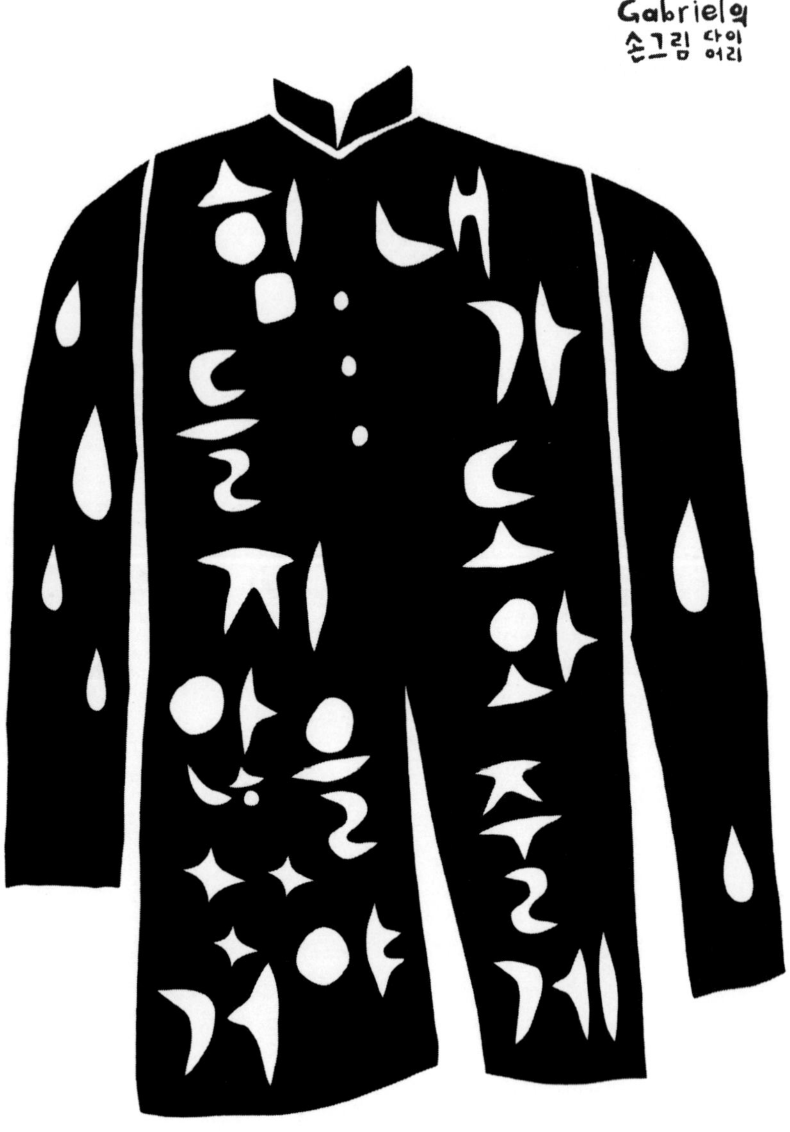
Gabriel의
손그림 다이어리

힘들지 않을 거야.
내가 도와줄게.

Gabriel의
손그림 다이어리

어쩌면 우린
함께 하지 못할 거야.

Gabriel의
손그림 다이어리

그래도 널 마음에 담아 둘게……

08 나의 에세이

나에게 찾아온 그해 겨울은 너무나 추웠었다. 겨울이어서 내 영혼과 마음이 더 추워지게 느껴지는 것, 그런 것은 아니었다. 마음이 시려왔다고 해야 할까……. 그 말이 딱 맞는 것 같았었다. 그리고 마음이 늘 답답했었다. 어떤 날에는 심장마저도 딱딱하게 굳어 가는 것만 같았었다. 언제나 내 손에는 핸드폰이 놓여 있었고 혹시나 그 사람에게서 연락이 오지 않을까 하는 생각뿐이었다.

그런데 그것은 나의 착각이었다. 그 사람에게서는 전혀 연락이 없었고 나에게 떠남과 동시에 나와 같이 다녔던 학교에서도 떠나 버렸었다. 추운 겨울이 가고 봄이 되었는데, 그 사람이 들어가기 어렵다는 학교로 편입해서 가버렸다는 이야기를 전해 들었다. 물론, 처음에 그 이야기를 들었을 때는 나 때문인가라는 생각을 했었다. 그냥, 평범한 내가 마음에 무척 들지 않아서 그런 것은 아니겠냐는 생각도 자주 하게 되었다. 그렇게 시간은 계속 흐르고 있었다. 하루를 보내고 또 다른 하루를 보내는 것은 쉬운 일이 아니었다. 그 사람 생각 때문에, 학점은 형편없이 곤두박질쳤었고 내 마음은 더욱더 답답해져 왔었다.

봄이 오기 전, 그 사람이 나에게 아무 말 없이 찾아와서 끌어안지만 않았어도 나는 마음을 완전히 접었을지도 모른다. 그런데 나는 그 사람으로만 향하는 내 마음의 끈을 놓을 수가 없었다. 그렇게 또 다른 계절이 지나갔었다. 그 사람에게 내 작은 고백을 했었던, 그날 같은 추운 겨울이 찾아왔었고 그날에도 눈은 여전히 차갑게 내리고 있었다. 나는 텅 빈 강의실에 앉아서 창밖으로 내리는 눈을 한참이나 바라보고 있었고 그 사람 앞에서 울었던 기억도 그 사람이 나를 끌어안았던 기억도 이젠, 접어야겠지라는 생각이 들면서 그 사람에 대한 마음을 완전히 접기로 생각을 굳혀가는 중이었다.

텅 빈 강의실은 유난히도 추웠지만, 우리 과 친구들이 하는 이야기는 더욱더 잘 들리곤 했었다. 강의실 밖, 복도에서 친구들이 나에게 들으라는 듯이 큰 소리로 이야기하고 있었다.

" 있잖아! 그 선배 어제 죽었다며?
뭐 하러 그런 학교에 편입한 거야? "

" 그러니까 말이야. 아! 걔가 되게 많이 좋아했던 거 맞지? "

" 어떡하냐? 이야기해 줄까? "

나는 그 대화를 들으면서 너무 놀라서 강의실 문을 열고 복도로 나갔었다. 그리고 그 친구들에게 물었다.

" 누가 죽었다고? 뭐라고 하는 거야? 진짜야? "

나도 모르게 목소리가 점점 커지고 말았었다.

" 아니! 글쎄. 그 선배 어제 죽었다고 그러더라.
너 가볼래? 널 그렇게 뚫어져라 쳐다보고 했었잖아. "

나는 너무 놀라서 할 말을 잃은 채, 잠깐 그 자리에 서 있었다. 그리고 멍한 표정으로 곧 이야기했었다.

" 아니야! 안 가봐도 될 거 같아.
뭐 그렇게 좋아한 건 아니었으니까…….
안 만 난지, 오래되어서
내가 가도 선배 가족들이 당황해하지 않을까? "

" 하긴 그렇지. 우리 학교 학생도 아니잖아. 가지 말자! "

그렇게 이야기하고는 그 친구들은 우르르 복도를 걸으면서 빠져나가 버렸었고 나는 다시 텅 빈 강의실로 들어와서 문을 닫으면서 또다시 넋이 나간 표정을 한 채로, 창밖에 내리고 있는 눈을 쳐다보았었다. 그 사람에게 향한 내 마음을 접으려고 해도 이젠, 접을 수가 없었다. 어떻게 하다가 죽었는지 그런 것도 알고 싶지 않았었다. 갑자기 울음이 터져 나와 버렸었고 그날의 나는 소리 내서 울지도 못했었다. 가방과 책 그리고 핸드폰을 챙겨서 텅 빈 강의실을 빠져나왔었다.

그렇게 집으로 돌아가려고 하는데 이상한 문자 하나가 도착해 있었다.

" 잠깐 만날 수 있을까요?
선배에 관해서 물어보고 싶은 것이 있어서요. "

나는 그 메시지를 확인하자마자, 그 번호로 전화를 했었다.

" 저기 누구 신데요? "

지금 생각해 보면 내 목소리는 누가 들어도 퉁명스럽기 짝이 없었을 것이다. 어떻게 보면 너무 화가 나서 참고 있는 그런 목소리로 들릴 수도 있지 않을까 하는 생각이 들곤 한다.

" 다름이 아니라, 좀 만나면 안 될까요? 저 선배 약혼녀거든요."

나는 너무나 당황했었고 그 사람에 약혼녀의 이야기를 한참이나 듣고 있었다. 한마디로 나 때문에 빨리 결혼식이 진행되지 않아서, 자기가 너무 화가 난다는 그런 이야기였었다. 자기 세계에서 결혼은 다 사업이라고 말해 주었다. 내가 이야기만 듣고 있자, 그 사람의 약혼녀는 오늘 저녁에 만나자고 통보해 왔었고 전화를 일방적으로 끊어버렸었다.

나는 그래서 화가 났었지만, 화가 난 것보다 마음이 미어져 왔었다. 심장이 뛰고 있지 않고 마치, 정지해 있는 것처럼 느껴졌었다. 그리고 학교 앞 카페에 앉아서 그 사람의 약혼녀를 기다리고 있었다. 그 사람의 약혼녀가 무슨 이야기를 하려고 하는지, 나를 왜 보려고 하는지, 나는 이해가 되지 않았었다. 한참이나 차가운 아메리카노를 마시면서 그 사람의 약혼녀를 기다렸었고 너무 오랫동안 기다렸는데도 모습을 드러내지 않아서 커피를 반쯤 남긴 채 일어나려고 했었다. 그런데 내 앞에 그 사람의 약혼녀가 앉아 있었다.

" 저기 왜 지갑을 선물한 거예요?
왜 무엇 때문에, 우리 사이를 방해한 거냐고요?"

그 사람의 약혼녀가 물어왔었다. 나는 한참이나 아무 말 없이 멍한 표정으로 앉아 있었다. 나는 짧은 한숨을 몰아쉬고는 이야기했었다.

" 저는 방해한 적 없어요.
그 사람이 먼저 저에게 사랑한다고 했으니까요.
아니, 사랑한다는 눈으로 저를 매일 보고 있었어요. 지갑은…….
그건 저를 도와주어서 답례로 드린 거뿐이에요.
저하고 선배는 아무 사이가 아니에요. 사귄 적도 없거든요."

이 말을 하고는 나는 자리에서 일어났었다. 그 약혼녀는 내 등 뒤에다 대고 이야기했었다.

" 너같이 평범한 애가 뭘 안다고 그래.
나하고 서둘러서 결혼했으면 그렇게 안 죽었어. 너는 몰라.
내가 사는 세계가 얼마나 잔인한지…….
교통사고로 갑자기 죽었다고. "

그 사람의 약혼녀는 그 말을 하고는 그 사람에게 선물했었던 지갑을 나에게 돌려주었다. 그리고 나보다 먼저, 그 사람의 약혼녀는 카페에서 나갔었고 나는 그 지갑을 내 가방에 넣고는 다시 내가 앉았던 자리에 주저앉고 말았었다. 나에게 진정할 시간이 필요했었다. 조금 뒤에 내 가방에서 지갑을 꺼내어 살펴보았었는데 지갑 안에는 아무것도 들지 않았었다. 혹시나 하는 마음으로 다시 한번 자세하게 살펴보았었다. 그래도 아무것도 없었다. 사진 한 장도…….

그렇게 그 사람을 떠나보내야 한다는 사실이, 너무나 가슴이 아파져 왔었다. 그 사람이 갑자기 찾아와서 안아주었던 기억이 떠올랐었다. 나는 눈물이 또 터져 나와 버리고 말았었다. 나 때문에 죽었다고 이야기했었던 그 사람의 약혼녀가 실질적으로 선배를 죽인 범인이라고 생각하게 되었다. 약혼하지 않았으면 나랑 평범하게 사랑했을 테고 아주 평범하게 살았을 테니까……. 나에게 이야기를 하지, 왜 아무 말도 하지 않았던 것일까라는 생각이 들었다. 이제 와서, 무엇을 이야기하고 생각한다고 해서 그 사람이 살아 돌아오는 것은 아니었으니까……. 그냥 조금 더 당당하게 사랑한다고 이야기할걸……. 후회해도 이젠, 아무 소용도 없었다. 그 사람의 쓸쓸해 보이는 뒷모습과 가끔 웃었던 모습이 생각났었다. 그 사람에게 이 말을 못 했던 것이 너무나 후회되었다.

" 사랑해 줘서 고마웠어요. "

나는 매일 지금도 그 사람을 생각하면서 지내고 있다.

08 그 사람의 편지

너에게

내가 아무 말 없이 너의 곁을 떠났었지만 넌 잘 지내고 있는지 정말 궁금해. 아버지께서 그녀와 결혼을 빨리하고 한국 학교를 졸업한 후에 같이 유학하러 가라고 이야기를 계속하시고 있어. 난 사실, 그녀를 별로 사랑하지 않거든……. 아무런 사랑 없이 약혼했었고 이제 또 깊이 좋아하는 감정조차 없는데 결혼을 해야 한다는 사실이 내 마음을 너무 무겁게 하거든.

너처럼 그런 평범한 가정에서 태어났다면 나도 깊이 좋아하는 사람과 결혼을 했을 거 같아. 너에게 제대로 된 고백도 하지 못한 채, 이런 결혼을 해야 한다는 사실이 내 마음을 너무 힘들게 하는 거 같아. 온통, 내 마음은 너에게로 향하고 있는데 겉으로는 내 약혼녀인 그녀와 함께해야 한다는 사실이 그녀에게 너무 미안했고 마음도 답답해져 오는 거 같더라고…….

약혼녀인 그녀의 집안은 아주 대단한 집안은 아니었지만 그래도 남들 보기에는 괜찮은 집안이었거든. 그래도 나는 그녀가 싫었었어. 사실, 그녀가 싫은 것이 아니라, 그녀의 집안이 싫었다고 해야 할까? 그 말이 더 맞는 거 같아. 너는 우리 세계 사람들이 얼마나 잔인하면서도 서로를 고통스럽게 만들어가고 있는지 모를 거야. 다들 머릿속에 온통 돈만 생각하고 있거든. 그래서 다들 그 돈이라는 기준에 맞추어서 결혼하고 사업을 같이하고 평생을 사랑도 없이 그냥 살아가는 거 같아.

그런데 나는 그렇게 정말 살고 싶지 않더라고……. 계속 결혼하라고 해서 어쩔 수 없이 약혼했었지만 나는 너에게 돌아가고 싶었어. 그래서 파혼하려고 결심을 하고 아버지께 말씀드렸었는데 반대한다고 나에게 이야기해 주셨어. 그 평범한 아이에 대해서 다 알고 있다고 하셨어. 아버지께서는 평범하다는 그 부분이 가장 싫으셨나 봐. 그리고 얼마 전에 약혼녀인 그녀에게도 전화해서 파혼하자고 이야기했었어. 나는 그녀를 만나기도 싫었거든……. 그리고 깊이 좋아하고 사랑하는 감정도 없이 평생을 그녀와 같이해야 한다는 사실이 정신적으로 얼마나 큰 고통인지 내 마음의 상태를 알아주는 사람은 너를 제외하고는 아무도 없겠지?

어쩌면 우리 어머니처럼 나도 죽을지도 모른다는 생각을 잠깐 한 적은 있었지만, 별로 두렵지는 않았어. 어차피 정신적으로 큰 고통을 겪을 바에야 죽는 게 나을 거라는 생각이 많이 들었거든. 너에게 평범한 선배의 모습으로 돌아갈 수 있다면 얼마나 좋을까 하는 생각을 하면서 하루하루를 힘들게 보내고 있어. 만약, 내가 우리 세계에서 살아남지 못한다면 너에게 돌아갈 수는 없겠지만, 살아있기만 한다면 너에게 돌아가려고 해. 그때까지 기다려 줄 수 있겠니? 모든 일을 정리하는 데는 많은 시간이 걸릴 거 같아. 그래서 그러는 거야. 지금 있잖아. 네가 너무 보고 싶어.

너를 사랑하는 선배로부터

에필로그

오빠에게

선배라고 말고 오빠라고 부르고 싶었는데 이렇게라도 오빠라고 부르니까 너무 좋은 거 같아. 친구처럼 때로는 깊은 연인처럼 그렇게 평범하면서도 예쁘게 사랑하는 사이가 되었으면 좋겠다고 나는 생각하고 있었거든. 왜 나한테 집안에서 정한 약혼녀와 함께 결혼할 준비를 하고 있다고 말하지 않은 거야? 나한테 이야기했었다면 나는 오빠를 위해서 조금은 많이 물러났을 텐데……. 왜 그랬던 거야? 왜 나를 그런 눈으로 쳐다보면서 아무 말도 못 하고 그랬는지 이제야 알 거 같기도 해.

그래도 이렇게 떠날 거였더라면 우리가 조금 더 사랑하면서 시간을 보냈으면 얼마나 좋았을까? 가을 소풍도 가고 겨울에는 따스한 차도 마시면서 대화도 하고 가끔은 손잡고 산책도 하면서 남들처럼 데이트도 하고 말이야. 우린 그 흔한 데이트도 못 했었어. 우리의 데이트를 이야기하자면 선후배로써, 아주 짧았던 만남뿐이었으니까…….

정말 후회가 밀려오는 거 같아. 이렇게 이 세상에서 볼 수 없다는 사실이 내 마음에 그리고 내 영혼에 얼마나 상처가 되는지 모를 거야. 오빠 약혼녀가 그러더라 내가 죽인 거라고……. 나 때문이라고……. 오빠가 살았던 세계는 어떤 곳이었길래 오빠는 늘 그런 어깨를 하고 있었던 거야. 마치, 한 번도 사랑받지 못한 거처럼 쓸쓸해 보이는 그 뒷모습이 너무 많이 생각나.

나는 평범한 가정에서 자라서 그런지 오빠의 세계에 사는 사람들이 하는 그런 정략결혼이 이해되지 않아. 그게 무슨 결혼이야. 그냥 정신적으로 고문하는 거나 다름없는 거 같아. 나도 오빠를 선배로써 좋아하는 감정이 아니라 사랑한다는 감정으로 느낄 즈음에 얼마나 힘들었는지 몰라. 고백해야 하나 말아야 하나 그런 생각들 때문에 잠조차 제대로 못 잔 적도 얼마나 많았는지 모를 거야. 새벽녘에 오빠에게서 혹시, 전화라도 올까 봐, 얼마나 마음 졸이고 기다렸는지 이젠, 알고 있겠지?

오빠! 거기서는 좋아하는 사람이나 사랑하는 사람들하고 지냈으면 좋겠어. 오빠가 살던 세계의 사람들은 그렇지 않다고 하더라. 누군가를 사랑하는 일이 사업이라고 그러더라. 사업은 냉정한 거 아니야? 나는 그렇게 알고 있었거든. 그런 냉정한 세계에서 어떻게 살아온 거야? 나 같으면 견디지 못하고 감정이 폭발했을 거 같아. 날 사랑하긴 했었던 거야? 이젠, 그런 사랑은 못 할 거 같아. 사랑이라는 감정이 이렇게 힘이 들고 정신적으로 고통을 주는 그런 것인지 나는 몰랐었거든. 사랑하면 행복해지고 달콤한 꿈을 꾸는 거 같고 무슨 일이든지 잘 해낼 것만 같은 그런 것인 줄로 나는 알고 있었거든.

그런데 그런 것만은 아닌가 봐. 오빠가 사는 세계에는 사랑이 없는 거지? 내가 사는 세계에는 그렇지 않거든. 그냥, 좋아하면 좋아한다고 이야기하고 사랑하면 사랑한다고 이야기하고 다들 그렇게 살아가고 있어. 오빠도 그랬더라면 얼마나 좋았을까? 오빠는 그렇게 살아본 적이 없었던 거지? 오빠가 참 불쌍하다는 생각도 요즈음에는 많이 하고 있어. 오빠의 삶을 살아가면서 필요해서 사람을 주위에 두는 것과 사랑하고 좋아해서 친구들과 가까운 관계를 맺는 것은 전혀 다른 거 같아. 그리고 왜 그렇게 급하게 다른 학교로 아무 말도 없이 떠나 버린 거야? 무슨 협박이라도 받은 거야? 그게 아니면 그 세계 사람들에게 보여주려고 그런 거야? 나랑 아무런 사이가 아니라는 것을 보여주려고 그렇게 행동한 거냐고? 이건 꼭 물어보고 싶었어. 꿈에서라도 나타나서 이야기해 주면 안 될까? 이젠, 아무런 눈치를 보지 않아도 되잖아. 설마, 그곳에서도 그런 것은 아니겠지?

요즘에는 오빠 생각을 예전보다는 적게 하고 있어. 처음에 오빠가 죽었다는 소식을 들었을 때는 너무 마음이 아파서 사람들이 보지 않을 적에는 늘 울곤 했었거든. 얼마나 많이 울었는지 몰라. 슬픈 음악 들을 때면 오빠 생각이 너무 많이 나더라. 오빠랑 사진 한 장 못 남긴 것도 너무 후회되더라고……. 정말 시간이 약인가 봐. 요새는 그래도 많이 울지는 않아. 그냥, 마음이 너무 시리고 아플 뿐이야. 교통사고였다면서……. 만약에 오빠가 죽어가는 시간이 오래 걸렸다면 얼마나 힘들었을까 하는 생각이 너무 많이 들었어. 차가운 바닥에서 오빠가 죽었다고 생각하니까, 신이 없는 것은 아닐까 하는 생각도 들더라.

참 나쁜 생각이지. 그래도 봄이 오기 전에 오빠가 날 찾아와서 안아줬던 거 생각나? 나는 요새도 가끔, 그 생각이 나곤 해. 얼마나 고민하다가 찾아왔을까? 약혼녀하고 헤어지지도 못하고 결혼을 빨리 진행할 수도 없고……. 그랬던 거지? 누가 날 해코지할까 봐서 몰래 찾아왔었던 거지? 누가 볼까 봐, 그래서 그렇게 서둘러서 떠나 버린 거지? 이제는 이해가 되는 거 같아.

오빠가 어디에 묻혔는지 수소문하면 금방 알 수도 있겠지만 나는 그러지 않기로 했어. 너무 서운해하지 마. 내가 찾아가면 무엇하겠어? 오빠가 살아서 돌아오는 것도 아니니까 말이야. 요즈음에는 진짜 사진 한 장만이라도 남겨져 있었으면 하는 마음이 너무 간절해. 마음이 아직도 반쯤은 접어지지 않는 거 같아. 더 나이가 들면 오빠와의 일도 슬픈 추억으로 남겠지? 오빠는 그렇게 생각하지 않아?

나는 아직도 결혼을 못 했어. 아무래도 짝이 없는 거 같아. 짝이 있었으면 결혼은 했을 거 같은데……. 오빠를 사랑하고 좋아했었던 것만큼은 사랑할 수 없을 거 같다는 생각도 너무 많이 하고 있어. 그때 우리 손잡고 영화라도 보러 갔으면 얼마나 좋았을까? 그러면 오빠를 생각하면서 그 영화, 찾아서 볼 텐데…….

거기에서는 아프지 않을 거 같아. 마음도 덜 아플 거 같고……. 천국은 그렇다더라. 그리고 인간이었을 때의 기억이 많이 나지 않는다고 그러더라. 오빠도 그런 거야? 나중에 내가 죽을 때가 되어서 죽게 된다면 오빠 혹시, 마중 나와 줄 수 있어? 아마도 못 나오겠지……. 그래도 마중 나와주면 좋겠어. 오빠는 내 생각 많이 하진 않겠지만, 나는 인간으로 살아가는 내내 자주 생각하면서 지내게 될 거 같아. 오빠! 다음번에 우리 만나면 손잡고 천천히 걸어 다니자! 나 그런 산책 너무나 하고 싶었어! 그리고 많이 좋아했었어. 꿈에서라도 자주 놀러 와 주면 좋겠어. 그럴 거지? 사랑해요! 오빠!

G.드림